时代记忆
文　丛

何其芳诗歌精选

何其芳　著

青海人民出版社

图书在版编目（CIP）数据

何其芳诗歌精选 / 何其芳著 . -- 西宁 : 青海人民
出版社 , 2020.8
（时代记忆文丛）
ISBN 978-7-225-06004-0

Ⅰ . ①何… Ⅱ . ①何… Ⅲ . ①诗集－中国－当代
Ⅳ . ① I227

中国版本图书馆 CIP 数据核字 (2020) 第 137685 号

时代记忆文丛

何其芳诗歌精选

何其芳　著

出 版 人	樊原成	

出版发行　**青海人民出版社有限责任公司**
　　　　　西宁市五四西路 71 号　邮政编码：810023　电话：（0971）6143426（总编室）

发行热线　（0971）6143516 / 6137730

网　　址　http://www.qhrmcbs.com

印　　刷　陕西龙山海天艺术印务有限公司

经　　销　新华书店

开　　本　890 mm×1240 mm　1/32

印　　张　8.875

字　　数　200 千

版　　次　2020 年 9 月第 1 版　2020 年 9 月第 1 次印刷

书　　号　ISBN 978-7-225-06004-0

定　　价　58.00 元

总　序

"人民文学"的传统在当代

李云雷

　　20世纪中国最重要的事件是中国革命和改革开放，中国革命的胜利使中国彻底摆脱了半殖民地半封建社会，获得了民族独立，"中国人民从此站起来了"；改革开放的成功则让中国走出了一穷二白的状态，奠定了民族复兴的基础。在21世纪的今天，我们正走在中华民族伟大复兴的征程上，当回望20世纪的时候，我们应该感激与铭记中国革命与改革开放，或许我们身在其中并不觉得有什么特别，但是放眼世界我们就会发现，并不是所有国家的革命都能够获得胜利，在20世纪末仍大体保持着19世纪末古老帝国版图的，只有中国；也并不是所有国家都能够进行改革开放，都能够取得改革开放的成功，或者说能够顺利推进改革开放并使国势国运日趋向上的，也只有中国。中国革命和改革开放是20世纪中国最重要的遗产，也是我们在21世纪不断开拓进取、实现民族复兴最重要的根基。

　　"人民文学"是在中国革命的进程中产生，并对中国革命、建设、改革产生重要影响的文学。在这里，我们所说的"人民文学"是一种泛指，在不同的历史时期曾被称为"革命文学""解放区文学""十七年文学"等，又在不同的理论视域中被命名为"左翼文学""社会主义文学""红色文学"等，"人民文学"的概念既是对上述各种称谓的通约性表达，也是在新的历史语境中的一种通俗性表达。"人民文学"与 20 世纪中国革命紧紧联系在一起，既是 20 世纪中国革命组织、动员的一种方式，也是其在文化上的一种表达。"人民文学"的重要性体现在它在转变观念、凝聚情感、社会动员与组织，以及寓教于乐等方面所发挥的作用。在 1940—1970 年代，中国内忧外患不断，生产力低下，群众的识字率较低、知识文化水平贫乏、娱乐方式简单，"人民文学"在那时起到了独特而重要的作用。作为一种文化政治传统，"人民文学"伴随 20 世纪中国革命以及建国后的社会主义建设实践而逐渐生成，并以不同方式在改革开放的历史语境中延续和变迁，它直接参与和内在于现代中国的进程，发挥着独特的革命文化能量，进而建构了新的社会主义文化经验和价值传统。

　　"人民文学"在 1940—1970 年代的中国文学界曾占据主流，但在改革开放的历史新时期，对"人民文学"的评价却发生了分歧与分裂，其中既有 20 世纪 80 年代、90 年代和 21 世纪初等不同时期的差异，也有国家、文学界、知识界等不同层面的差异，以下我们对这些分歧简单做一下勾勒，并对"人民文学"在新时代的状况做出分析。

　　在 20 世纪 80 年代，伴随着对"文革文学"的批判与反思，中国文学进入了一个繁荣发展的新时期，文学思潮层出不穷，从"伤痕文学""反思文学"到"改革文学""知青文学"，再到"寻根文学""先锋文学"，获得解放的文学释放出无穷的活力。在政治层面，中国进入了一个思想解放的时期，文艺政策也从"为政治服务"调整为"为人民服务，为社会主义服务"。在知识界，则发生了一场声势浩大的新启蒙运动。文学上的种种变化，被后来的文学史家概括为从"一体化到多元化"的转变，所谓"一体化"是指"人民文学"从1940年代到1970年代逐渐占据主流、成为主体，并趋于激进化的过程，而"多元化"则是指"一体化"因"文革文艺"的泡沫化而终止，逐渐走向开放、多元的过程。在这一历史时期，曾被激进的"文革文艺"压抑的其他文艺派别获得了重新评价，这些文艺派别既包括左翼文学内部的周扬、冯雪峰、胡风等人的文艺理论，丁玲、赵树理、孙犁、路翎等人的小说，也包括左翼文学之外的其他派别，比如自由主义文学、新月派、京派文学，等等，但在80年代，所谓"多元化"仍有其边界，大致限于"新文学"的范围之内，但这要到时代的进一步发展之后才能为我们知悉。1980年代的文学大致以1985年为界，呈现出迥然不同的样貌，在1985年之前，左翼文学与现实主义仍然占据主流，而在1985年之后，先锋文学与现代主义蔚然成风，逐渐占据了文学界的主流，而这则伴随着文学评价标准的重大变化，那就是从革命化到现代化、从人民文学到精英文学的转变。在这一过程中，以"重写文学史"的兴起为标志，对"人民文学"的评价逐渐走低，以"写什么和怎么写"的讨论为中心，对现实主义作品的评价也逐渐走低，或许在一个渴望转变与新异的时代，这样的变化也是难免的，要等到一个新的时代，我们才能对之进行客观冷静的评价。

在1990年代，市场化大潮席卷而来，文学界与知识界也产生了分化与争论。1993年、1994年发生的"人文精神大讨论"突显了作家与知识分子面对市场大潮的分歧，一些作家与知识分子热烈拥抱市场化与世俗化大潮，而另一些作家与知识分子则在市场大潮中坚守道德理想，或者坚守个人的岗位意识。与此同时，大众文化迅速崛起，影视与流行音乐逐渐占据了文化领域的中心位置，文学的位置开始边缘化。在文学界内部，伴随着金庸、琼瑶等通俗小说的流行，以前备受"新文学"压抑的通俗文学获得了重新评价的机会，从鸳鸯蝴蝶派到张恨水，从还珠楼主到港台新武侠，都获得了前所未有的关注。"多元化"的发展突破了"新文学"的界限，而逐渐开始向通俗文学、流行文学开放，文学评价的标准也逐渐向是否能够畅销，是否能够获得市场与读者的认可转移。在这样的潮流中，"新文学"的传统趋于边缘化，"人民文学"则处于边缘的边缘。但是在知识界，也出现了重新评价左翼文学的"再解读"思潮，他们从现代化、现代性的视角重新审视左翼文学的经典作品，对之做出了与革命史视野不同的阐释，不过这种解读更多借助于西方的"市民社会""公共空间"等理论资源，其中不乏深刻的洞见，但也有凿枘不合之处。发生在1997年、1998年的"新左派与自由主义论争"，显示了80年代新启蒙知识分子的分裂，他们在如何认识中国、如何评价中国革命、如何看待中国与世界等诸多问题上产生了深刻分歧，自由主义者更认可西方的普世价值与世界体系，但是新左派借助于新的理论资源，更认可中国道路的主体性与独特性。这一论争是20世纪最后一场思想论争，也是迄今为止影响最大的思想争鸣，这一论争主要发生于人文领域，其中很少看到文学知识分子的身影。但这一论争涉及对中国革命与红色经典的评价问题，也为人们重新认识红色文学打开了新的视野。

在21世纪最初10年，市场化大潮与大众文化的深刻影响仍在持续，但是在文学界内部，又出现了新的因素，那就是网络文学的迅速崛起，网络文学借助新的媒体形式，形成了一种新的文学生产、传播与接受方式，也形成了一种新的文学观念与文学模式。在观念上，网络文学打破了"新文学"以来的文学内涵，"新文学"将文学视为一种严肃的精神或艺术上的事业，无论是左翼文学、自由主义文学、"为艺术而艺术"，还是"改革文学""先锋文学""寻根文学"，中国现当代文学史上彼此相异与争论的诸多文学思潮，其实都分享着这样共同的文学观念，但是网络文学的出现却改变了这一共识，网络文学重视的是文学的消遣、娱乐、游戏功能，并将之推向了极致，而不再注重文学的教化、启迪、审美等功能，这极大地改变了文学的定位与整体格局。网络文学的盛行催生了穿越、玄幻、盗墓等不同的类型文学，并逐渐形成了一整套成熟的商业模式。与此同时，在更加市场化的环境中，通俗文学占据了越来越多的市场份额，"新文学"与"人民文学"的传统被进一步边缘化，主流文学界只有依靠体制的力量——作协、期刊、出版社——才能够生存下来。在这种情形之下，"底层文学"作为一种新的文艺思潮兴起，对80年代以来日趋僵化的"纯文学"及其体制进行了批判与超越，在文学界与社会各界引起了广泛关注。有论者将"底层文学"与"人民文学"的传统联系起来，但围绕这一议题也发生了分歧与争论，纯文学论者竭力贬低底层文学与"人民文学"的传统，但更年轻的一代研究者对之则持更为积极的态度。在文学研究界同样如此，新世纪以来，"左翼文学""延安文艺""十七年文学"逐渐成为文学界关注与阐释的热点问题，更年轻的学者倾向于从肯定的视角重新阐释"人民文学"及其经典作家作品，但他们的努力常被主流文学界视为异端与另类。

在21世纪第二个10年之初，市场化与大众文化进一步发展，网络文学及其商业模式则更趋于成熟，逐渐形成了"三分天下"的整体文学格局，即纯文学（严肃文学）、畅销书、网络文学三者各据一隅，纯文学（严肃文学）以期刊、作协、评奖为中心，畅销书以出版社与经济效益为中心，网络文学以点击率与 IP 改编为中心，各自形成了一套相对独立的文学运转与评价体系。但在 2014 年，这一整体格局开始发生转变。2014 年及其之后，习近平总书记发表《在文艺座谈会上的讲话》等一系列关于文艺问题的重要论述，这是继毛泽东《在延安文艺座谈会上的讲话》之后，我党最高领导人首次系统阐释对文艺问题的观点，讲话所提出的"坚持以人民为中心的创作导向""文艺不要做市场的奴隶""创作是自己的中心任务，作品是自己的立身之本"等观点，继承了我党"文艺为人民服务，为社会主义服务"的优秀传统，又对文艺界出现的新问题、新现象、新经验做出了分析与判断，为新时代文艺的发展指明了方向，已经改变了并将继续改变文学界的整体格局。

改变之一，是"人民文学"的传统得到弘扬。自 20 世纪 80 年代中期以来，"人民文学"传统先后遭遇"先锋文学"、通俗文学、网络文学等巨大变革的挑战，日渐趋于边缘化，虽曾以"底层文学"的名义短暂复兴，而并没有得到主流文学界的认可，但"以人民为中心的创作导向"提出之后，极大地扭转了文学界的整体状况，"人民文学"传统受到重视，红色文学的经典作品也得到重新阐释与更大范围的认可。

改变之二，是"新文学"的观念得以传承。中国的"新文学"虽然有内部不同派别的论争以及不同历史时期的巨大断裂，但却都将文学视为一种精神或艺术上的事业，这一点与通俗文学、类型文学注重消遣娱乐有着本质的不同，习近平总书记系列讲话中将作家艺术家视为"灵魂的工程师"，将文艺视为中华民族伟大复兴进程中的重要力量，指出"文艺是时代前进的号角，最能代表一个时代的风貌，最能引领一个时代的风气"，在这一基点上鼓励探索与创新，这是对新文学观念与传统的认可、尊重与倡导。

改变之三，是"三分天下"的格局得以改观。"三分天下"是各自形成了一套相对独立的文学运转与评价系统，但习近平总书记系列讲话是对文艺界整体讲的，也是对文学界整体讲的，不仅包括纯文学（严肃文学）界，也包括通俗文学、网络文学等领域，目前通俗文学、网络文学领域已经发生了巨大的变化，比如官场小说的转型、科幻小说的兴起，以及网络小说更加关注现实题材，更加注重现实主义等，"三分天下"的格局有望在相互竞争与争鸣中形成一种新的、开放而又统一的评价体系。

但是从另一个角度来说，现在的改变仍然只是初步的，一个突出的表现是《创业史》等人民文学的经典作品虽然得到了国家与政治层面的推崇，也得到了知识界愈发深入的研究，但是在主流文学界并没有内化为重要的写作资源与参照，很多作家心目中的理想作品仍然是中国古典、俄苏 19 世纪批判现实主义以及欧美 20 世纪现代派作品，并未真正将"人民文学"作为自己可资借鉴的重要传统；另一个突出表现是习近平总书记《在文艺座谈会上的讲话》发表已经 5 年，但并没有真正出现"以人民为中心的创作导向"的经典作品，现有的艺术性较高的优秀作品并没有坚持以人民为中心的创作导向，而有些试图坚持以人民为中心的创作导向的作品则在思想性、艺术性上存在不少缺憾，并没有达到更高层次上的融合与统一。这似乎也很难归咎于作家努力得不够，一个人思想观念的转变是艰难的，而新时期以来"人民文学"及其传统的不断边缘化，红色文学被贬低几乎成为文学界的集体无意识，要转变这样的观念，需要我们做出更加艰苦的努力。

在今天，我们需要在新的时代背景下重新认识"人民文学"的合理性与历史经验，重新梳理新中国前三十年与后四十年文学的关系，重新理解文学与人民、时代、生活的关系，面对 21 世纪正在渐次展开的历史，我们应该从"人民文学"中汲取理想主义等稀缺性精神资源，从而创造中国文学新的未来。

在这种情况下，青海人民出版社编辑出版的《时代记忆文丛》显示了历史性与前瞻性的眼光，将对重新认识和发掘"人民文学"的精神资源，传承"人民文学"的优秀传统产生重要影响。此套丛书邀请前沿学者或熟谙作品的作者子女选编人民文学代表作家的代表作品，选编丁玲、贺敬之、郭小川、李季、艾青、臧克家、赵树理、孙犁、田间、李若冰等经典作家。每种选编作品前置有一篇序言，系统介绍作家生平、创作，梳理关于他们的研究史与评价史，既有历史与文学价值，也具有新时代的眼光与视野，可以让我们看到这些文学前辈是如何在与时代、人民、生活的融合中进行艺术创作的，他们的经验值得我们借鉴，他们的作品值得我们学习。新时代的中国作家只有自觉地继承"人民文学"的传统，才能在"坚持以人民为中心的创作导向"中大有作为，我们期待这套丛书能够为新时代作家的艺术创作提供可资借鉴的资源，也期待这套丛书能受到广大读者的喜爱与欢迎。

2019 年 10 月 28 日

代　序

何其芳：倾听飘忽的心灵语言

蓝棣之

何其芳是我国著名的、重要的、有建树的、始终为青年所喜爱的诗人、散文作家、文艺理论家、文学批评家和古典文学学者。他最早的文学活动是写诗，后来写散文，然后转向文学批评与理论。由于从事作文教学，他研究诗的创作论与欣赏论。转到文学研究所以后，他又从事古典文学的研究工作。何其芳是聪明和有才气的，又肯下功夫，他在每个领域都作出了独创性的建树，可以说长时间里是文坛学界的风云人物。然而，诗是他的出发点、归宿和基础，贯穿于他一生活动之中。在这里，请让我们对他在这些方面的活动略作扫描。

一、《预言》论

《预言》是何其芳早期创作诗汇集，于1945年2月出版，皆为30

年代的作品。

"预言"取自集子内一首叫《预言》的诗。何其芳早期的诗风，受影响于象征主义。梁宗岱的《瓦雷里评传》对何其芳有很大影响。西方诗的象征主义与中国古典诗中的寄托、讽喻以及雕琢风气，有相通之处，因此，何其芳也喜爱并受影响于李商隐、李煜等的冶艳凄绝。

在这个时期，何其芳倾听着一些飘忽的心灵的语言。他捕捉着一些在刹那间闪出金光的意象。他最大的快乐或酸辛在于一个崭新的文字建筑的完成或失败。这种寂寞中的工作竟成了他的癖好，他不追问是什么吹着他，在他的自感空虚里鼓弄出悦耳之声，也不反省是何等偶然的遭遇使他开始了抒情的写作。还在小时候读书时，他就惊讶、玩味，而且沉迷于文字的彩色、图案，典故的组织，含意的幽深和丰富。

何其芳开始诗创作，是在到北京读书以后，他说他在寒冷的气候和沙漠似的干涸里坚忍地成长起来了，开出了憔悴的花朵。旧日的都城那无云的蓝天，那鸽笛，那在夕阳里闪耀着凋残的华丽的宫阙，曾经使他做过很多的梦。在经过一段写诗的练习之后，那阴影一样压在他身上的那些19世纪的浮夸的情感变为宁静、透明了，他仿佛呼吸着一种新的空气流，一种新的柔和，新的美丽。

他读着晚唐五代时期的那些精致冶艳的诗词，蛊惑于那种憔悴的红颜上的妩媚，又在几位巴那斯以后的法兰西诗人的篇什中找到了一种同样的迷醉。与别的深思的人不同，何其芳在读诗时不要在那空幻的光影里寻一份意义，他从儿童时起读书便坠入文字的魔障。何其芳喜欢的是那种锤炼，那种色彩的配合，那种镜花水月。他喜欢读一些唐人的绝句，那譬如一微笑，一挥手，纵然表达着意思但他欣赏的却是姿态。

因此，他的创作就带上了这种倾向。他不是从一个概念的闪动去寻找它的形体，浮现在他心灵里的原来就是一些颜色，一些图案。用口语去表现那些颜色，那些图案，是很费苦涩的推敲的。他从陈旧的诗文里选择一些可以重新燃烧的字，使用一些可以引起新的联想的典故。然而，他有时又厌弃自己的精致。

总之，何其芳的诗创作是二三十年代中国新诗创作的一个表现，他的诗作表现出二三十年代的《新月》，尤其是以后的《现代》派的共同特征，而他自己也受到徐志摩、戴望舒（主要是后者）不小的影响，这一切都在诗集《预言》里留下鲜明的痕迹。

《预言》一诗当然是这本诗集里最有特色的诗，尽管诗人后来说这本诗集其实应该另外取个名字，叫作《云》，因为那些诗差不多都是飘在空中的东西。但在当时，诗人是很在乎这首诗的。《预言》一诗写于1931年秋，其中一再提到的"年轻的神"，典出法国象征主义大师瓦雷里的长诗《年轻的命运女神》。瓦雷里的这首晦涩的长诗，按照梁宗岱的解释 (何其芳当时即据此而了解长诗的)，是写一个年轻的命运女神，或者不如说，一个韶华的少妇——在深沉幽邃的星空下，柔波如烟的海滨，梦中给一条蛇咬伤了，她回首往日的贞洁，想与肉底试诱作最后的抗拒，可是终于给荡人的春气所陶醉，在晨曦中礼叩光明与生命的故事。何其芳的《预言》写初临爱情时的惊喜，对于爱情的憧憬和态度，以及初恋消逝之后的怅惘。诗人这里所谓"预言"的意思，参照瓦雷里《年轻的命运女神》的象征，可以理解为诗人对于自己爱情的预言，大概是诗人太耽于幻想与书本气吧，他预言那些给荡人的春气所陶醉的礼拜生命的命运女神，是不会光顾他的，即使临近了也会离他而去。

《预言》的意境也与戴望舒的名诗《雨巷》的意境相通。《雨巷》里的丁香姑娘逐渐走近了，叹息之后又走远了，消失了；《预言》里的命运女神也是无语而来，无语而去，渐渐近了，又终于消失了骄傲的足音。《雨巷》是从视觉，从姑娘丁香一样的颜色展开想象，而《预言》是从听觉，从命运女神的足音展开想象。所以，要理解《预言》的丰富含义，得要理解瓦雷里的长诗《年轻的命运女神》和戴望舒的名诗《雨巷》，此外，还要了解何其芳在1931年春夏即创作此诗之前几个月时的一次对于一位南方姑娘的初恋体验。

《预言》集分为三卷：卷一时间为1931—1933年，内容大致上是青春与爱情；卷二时间为1933—1935年，写到了一些个人以外的事情，越出了个人的太狭窄的天地；卷三为1936—1937年，诗人开始接触了些现实，更多地看到社会的黑暗。这三卷诗，从内容说一卷比一卷开阔，愈到后来，愈走出了自己的天地，但从艺术上看，一卷比一卷粗糙起来了，后面不如前面。这是一个很让人困扰的悖论，是何其芳留给后世的一个难题。无论如何，对于《预言》这本诗集来说，还是卷一最有特色，《预言》《脚步》《秋天》《欢乐》《爱情》《夏夜》《赠人》等都是名篇。正是这些诗，较好地体现了象征主义诗风的特点，也较好地表现了一个耽爱艺术与唯美的青年的内心世界，语言精致，感情真实，敏于感受，表达新颖，在当时诗坛上有自己的特色和位置。

二、《夜歌》论

《夜歌》是何其芳个人的第二本诗集，收入他在1938年夏天至1942年春天所写的26首诗，因为大都是在繁忙工作之后的夜晚或凌晨写就，所以取名为"夜歌"。其实他的第一本诗集《预言》也可以叫作《夜歌》，因为《预言》的事件情境也发生在夜晚。何其芳这个人喜欢在夜里写诗或写作，他的灵感在夜晚特别活跃，他的感觉在夜里特别敏锐。

可以说何其芳特别喜欢夜晚，因此他取了"夜歌"这个名字。然而，"夜歌"这个名称在政治色彩和意识形态色彩很浓的时代，往往容易误解，夜晚与黑暗这些字眼往往容易被看成有政治上的暗示。大概也由于这个原因，《夜歌》在再版时（内容和篇目上有重大增删），改作了《夜歌和白天的歌》。何其芳从政治上去阐述其含义："其中有一个旧我与一个新我在矛盾着、争吵着、排挤着。"这是他的初衷。

《夜歌》是何其芳在当时的抗日革命根据地延安创作的诗歌，其基本构成是 1940 年从春到冬写成的抒情组诗《夜歌》（1—7）。《夜歌》是对于小布尔乔亚知识分子在一个以拯救民族的存亡为己任的以农民为主体的武装集团里所面临的思想情感问题的诗性回答；一方面是以教育别人，一方面也是为了要求自己。这些诗篇的重要特点是它的真诚，真诚地追求着，真诚地改造着，诗人相信他的目标是走向进步，走向光明，走向理想境界。这些诗有时像是政治抒情，有时又像是日记。可以说这些诗为何其芳日后参加政治斗争和政治文化斗争做好了思想上的感情上的准备，这些诗的创作使何其芳完成了从"画梦"者向现实主义者的过渡。这其中有些诗可以看作是作为鲁艺文学院文学系主任的何其芳给鲁艺学员做思想工作的诗性记录：亲切、善意与富于哲理性、启示性。

何其芳的诗，有时真诚得让人伤心落泪，例如他在《解释自己》里对于自己的解剖和回顾。当我们今天读到他这样的诗句："我犯的罪是弱小者容易犯的罪，／我孤独，／我怯懦，／我对人淡漠"，就觉得忽然对他的一生都理解了，都贯通了。从他的感情和爱情，从他的做事的"认真"到"文化大革命"中的天真、轻信。

1940 年和 1941 年是何其芳写诗的第二次高潮，它一直延续到 1942 年春天。此后，1942 年 4 月至 1945 年 9 月他没有再写诗。从 1942

早春他写的诗来看，他在思想感情上确是比较成熟了，经过了三年来的思考，好些问题他都思考得十分透彻了，这些诗性思考，至今仍是我们的宝贵财富，因为它们超越了时空而具有极大的普遍性。三年来何其芳是在广阔的背景上驰骋自己的诗思：延安的环境，北中国人民的抗日战争，世界的反法西斯战争，他的过去和他的故乡的过去，古今中外的文学和哲学。最终他写下这样的诗句："生命并不虚伪。／我们承认自然的限制。／在限制里最高地完成了自己，／人就证明了他的价值和智慧。"他说他曾经是一个"认真地委身于梦想和爱情的人"，"但梦想和玻璃一样容易破碎。／爱情也不能填补人间的缺陷"，最后他发现："不对！这个人类生活着的社会完全不对！"这些诗里集中地精炼地写出了对于人生社会的看法。记得好像是罗素说过，知识分子有两个特点：一是对于知识的热爱，二是对于普通的人类苦难的同情。在《多少次呵我离开了我日常的生活》里更集中地表述了这种感情。何其芳也正是这样的知识分子，也正是基于这样的原因，他要管束自己胸中的激荡，给自己的感情构筑堤岸，如把猛兽囚于笼中一样驯服自己，把波浪埋藏在平静的海里。这是何其芳在1942年春天就已定下来了的他的选择。大概就是因为这个经过三年来（甚至是诞生以来）思考之后的选择，何其芳在这之后不久，当毛泽东主席在1942年5月发表《在延安文艺座谈会上的讲话》，他很容易就接受了。所以我们甚至于可以说：何其芳的诗集《夜歌》，是毛泽东所号召的中国新文学新文化的一次历史性变化的预兆，人们可以从这里看到一个知识分子在内心深处，在世界观和感情上所起的真实变化。

在写诗集《预言》里那些诗的时候，何其芳受到西方和中国古典的象征诗风的影响，受到瓦雷里和温庭筠的影响；而在写《夜歌》时，他把眼光转向了惠特曼和马雅可夫斯基。何其芳此时已经从纯艺术的象牙之塔走出来，试图在工农当中生根开花。《夜歌》中很多诗篇在出版前都在当时延安鲁迅文学院师生的文艺晚会上朗诵过。这就是说，《夜歌》是为这些献身于民族解放事业的年轻的工农知识分子而写的，这给这些诗带来了广泛的群众性，《预言》里的艰涩不见了。在创作了篇幅较长的适宜朗诵的散文化的《夜歌》(1—7)那样的自由体的同时，何其芳还创作了一系列抒情短诗，它们更紧凑，更有意蕴，有更多的想象，更多地采用比兴而不是赋的手法，有一种在艺术方法上向早期诗风回归的不自觉趋向。《黎明》在构思上有惠特曼意味，并且有非同寻常的比喻："山谷中有雾。草上有露。/ 黎明开放着像花朵。"把雾和露比喻成黎明的花朵，这种创意是象征主义的。《河》所写的已经不仅是延河，它从现实世界升华出来，成为"伴侣"的象征；当何其芳寂寞的时候，当他听见流水的声音，他就消除了寂寞，因为"听着你像听着大地的脉搏"，这比喻也是新颖而富于创意的。

《生活是多么广阔》通常被看成这本诗集的代表作，而《我为少男少女们歌唱》被看成这首诗的序曲。这两首诗写于同一天早晨，并一起发表在延安《解放日报》上。《我为少男少女们歌唱》是何其芳写给自己的，是对于自己诗歌特征的新发现。《预言》里的诗是有些未老先衰的声调的，而《夜歌》变得年轻了。《预言》时期的何其芳看不到希望，而《夜歌》时的何其芳，看到了希望（尽管他还了解不深），希望这宝贝总是和少男少女连在一起的。《生活是多么广阔》之所以凝炼和丰富，是因为它集中了可以说是整个《夜歌》所吟咏和思考过的问题，例如什么是快乐、生命的意义等等。这首诗题旨是热爱生活，快乐和生活连在一起，一切未知的东西—意义、价值、希望等等都需要我们去发掘（这就是"宝藏"的含义），而快乐产生于发掘之中。

1942年春天过后，何其芳基本上停止了诗歌创作，开始了文学理论、教学和宣传方面的工作。

三、《何其芳诗稿》论

《何其芳诗稿》是何其芳个人第三本诗集，收入1952—1977年的作品。

这些作品从何其芳50年代早期的思想认识来说，他是要为"巨大的劳动者全体"写作，写共同的美梦，讴歌英雄，讴歌时代。表现在诗里，他写一些他所接触到的国家大事，如宪法草案的讨论，武汉的抗洪，世界人民的觉醒和斗争，追忆农民革命斗争，与农民的友谊，祖国的变化，全国运动会，卫星上天，中国加入联合国，怀念毛泽东、周恩来、贺龙等，其中，《西回舍》《写给寿县的诗》《北京的早晨》《北京的夜晚》等，是很下功夫的诗篇，文字上精雕细刻的功夫，并不少于早期诗集《预言》。

何其芳在这20多年时间里，所写的诗是很少的，其原因当然与他主要精力的转移有关，然而，最重要的原因还是他从来不写自己没有体验过的东西，他是个老实人，即使怎样成熟，也还是书生气、诗人气十足，但这是好事。他的缺点可能是过分认真，过分天真，但他从来不粗制滥造。当然这又是因为他是个眼光很高的诗论家。一个眼光很高的诗论家是不会随便拿出作品来的。他总是假设别人的眼光也是很高的。

现在我们来看何其芳解放后写的这些诗，可以说每首诗都是他生活中的一次事件，每首诗都是他的一次深入的感情体验，每首诗都表现了他感情的某些方面，而且，看来写每首诗时他都有好些想法，在构思和语言上下过很多功夫。他经常说诗是在他心里长得很慢的植物，常常要好几年才能长成。这里很重要的一个特征就是，无论在题目、主旨和表达生活与感情方面，何其芳这些诗绝无重复、雷同或者总是一种情调的变奏。的确，何其芳对于诗神是很严肃的。

1956 年和 1957 年写的几首诗，在艺术上，在形象和格律上下过更多功夫，或者说看得出来注重了艺术本身。《有一只燕子遭到了风雨》很讲究结构和诗行的错综：第一节为比喻，第二节为主体，第三节为题旨，干净利落，炉火纯青。《海哪里有那样大的力量》曲折婉转，含蓄耐读，让人感觉到其中有一些隐藏的故事：美人鱼的泪，沉默的爱情，比铁石还要顽固的人的感情，人的忧伤等。然而，在回味这些往事时，诗的意思升华了："能够像风一样吹开／人的忧伤的，不是海，／却是陆地上人自己创造的／生活的欢乐，劳动的愉快。"总之，这两首诗，一首写感谢，一首写忧伤，寄托深远，形象鲜明，一点也没有说教或过分的散文化倾向。这两首诗同时也是何其芳所提倡的现代格律体的样板。这种诗体，对于别人，对于诗坛，可以作出种种评价，然而，对于何其芳来说，这样的两首诗，的确是他的理论的成功应用，值得仔细揣摩。

《听歌》也是一首不同寻常的诗，写的是听歌的感受。诗人说它是迷人的，也就是说，它使诗人着迷了。为表达对这快活、年轻的歌声的赞美，诗人用了这样一些只有灵感来临才会涌起的比喻：像晨光快乐地颤抖在水波上，像春天突然回到园子里，像花朵带露开放，像少女的眼睛含愁，像初恋破土而出，像青春的血液在生命里奔腾！

这都说明，诗是一种更内在的东西，可以是一种外在东西的内化，但一定要转化成长久的蕴藏。

《赠范海亮》是一首赞扬劳动人民诗歌的诗："如今的诗歌谁作得最好？／千千万万个劳动人民。"写这首诗时，何其芳正卷入关于民歌体是否有局限性的大论战。看来何其芳是想表明，他虽认为民歌体有局限性，但他并不认为劳动人民不能写诗。范海亮的被何其芳赞美的诗句是"毛主席的两只眼睛像天上的星星，住在深山里的人们也看得见它的光明"。这两句诗就是劳动人民写的非民歌体，甚至更像是何其芳所提倡的现代格律体。而意味更深长的是，何其芳在这首诗里却又采用民歌体比兴手法的长处，在第一二句用比喻衬托，使这首诗明朗、单纯而节奏感强。

关于何其芳开国后写诗为什么数量很少这个问题，他本人从多方面作过思考。他问："我身边落下了树叶一样多的日子，／为什么我结出的果实这样稀少？"他的"回答"是："有一个字火一样灼热，／我让它在我的唇边变为沉默。／有一种感情海水一样深，／但它又那样狭窄，那样苛刻。／如果我的杯子里不是满满地／盛着纯粹的酒，我怎么能够／用它的名字来献给你呵，／我怎么能够把一滴说为一斗？"这就是说，对于诗的虔诚和对于读者的眼光的尊重，常常使他难以开口，如要奉献，他就要奉献纯粹的酒。后来，在70年代初，何其芳又有了进一步的思考："我熟悉的北京是很小很小的角落，／写诗最根本的还是生活。／要写得很多很快才算数，／我的气质就不宜写诗歌。"他还说他发掘古代文化的研究工作，或许是可怕的，故纸堆压死了他诗的幼芽。愈搞研究，眼光愈高；而愈不写诗，手就愈低。因此，眼手矛盾愈益突出，理论的成就与创作的成就，距离逐步加大。然而这几乎是一切理论家的困扰，而非何其芳一人如此。我们又能再说什么呢？

从《预言》到《何其芳诗稿》，我们看到他早期的创作是从文字的彩色、图案开始的，甚至只惊讶、玩味和沉迷于文字，倾听飘忽的心灵语言，捕捉刹那的意象，而不要在那空幻的光影里寻一份意义。而后来的创作，则恰恰是从"意义"开始的，甚至于有的诗只注意"意义"。

何其芳那些最成功的、堪称传世之作的诗，往往就介于光影与意义之间，在于形式与意味之间，在于理性与感性之间，在于把思考转化成艺术形象。何其芳诗的一切成功得失，都将从这里取舍衡定。

四、何其芳诗歌理论

何其芳不仅是一位重要诗人，而且是见解深刻的诗歌理论与批评家，眼光高超的诗歌鉴赏家。他的诗论专著《关于写诗和读诗》和《诗歌欣赏》曾经对于 50 和 60 年代的诗坛，产生过巨大而广泛的影响。他的诗歌论文如《关于诗歌形式问题的争论》《再谈诗歌形式问题》以及他与艾青的辩论，他为自己的诗集一而再、再而三地写出的后记、再版后记等，都是新诗的重要理论遗产。

《关于写诗和读诗》是何其芳 50 年代几篇论诗的文章的结集，其中更重要些的是《关于写诗和读诗》《关于现代格律诗》和《写诗的经过》几篇文章。

关于什么是诗，关于诗的特点，何其芳最早认为，诗所反映的是一种更激动人的生活，因此采取了直接抒情或歌咏事物的方式，而语言文字也就更富于音乐性。在这个基础上，在 1953 年的一次演讲里，他给诗下了这样一个界说："诗是一种最集中地反映社会生活的文学样式，它饱和着丰富的想象和感情，常常以直接抒情的方式来表现，而且在精炼与和谐的程度上，特别是在节奏的鲜明上，它的语言有别于散文的语言。"内容集中，感情饱满，想象丰富，节奏鲜明，这是他所认为的诗的四个特点。何其芳这个界说曾经是 50、60 年代我国文学教育界关于诗的标准定义，曾经在几代人的诗歌观念形成上产生过巨大作用。然而，这个界说尽管包含着诗在意象方面的要求，但并不醒目，另外，与此相联系的"直接抒情"的说法也留下疑点。中国的比兴和西方所谓意象者，在这里不仅不醒豁，"直接抒情"之说还易误解为把感情和盘托出，而不借助比兴或意象。而在何其芳自己，直接抒情只是歌咏事物的对举而已。大概何其芳意识到了这个不清晰，于是，他在后来的论文里，在表述上有所变化。如果说在给诗下界说时他把诗的特点最后归结为集中与节奏这两条，那么，他后来在针对初学写诗者的缺点时则把诗的特点归结为形象和精炼这两条（有时又加上气氛和情调）。他总结说，诗在表现形式上的特点是：形象的优美和丰满，语言的精炼、和谐和富于音乐性，作为一个整体的天衣无缝的有机的构成。我们希望今天的读者把何其芳的理论前后贯通来理解，这样会更确切一些。与此同时，何其芳还指出，诗歌这种文学样式也有自己的局限。他说在表现过于复杂的生活，特别是表现包括着复杂问题的生活上，在刻画人物的性格，特别是刻画人物内心生活上，诗就不如小说和戏剧。

《诗歌欣赏》是这样一本书，它"用一些例子来具体地讨论如何欣赏诗歌"，希望能从而提高读者对于诗的鉴别力。在这里，何其芳虽然深感"说诗之难"，而且自认为"好读书不求甚解"，他仍然对于民歌、少数民族诗歌、五四以来的新诗和古典诗歌作了精彩的"说解"。这些"说解"因何其芳敏锐细腻的对于文字和对于生活的感受力而显得若有神助。例如他对于杜甫、李白、李贺、李商隐、闻一多、冯至、闻捷的诗的欣赏，至今读来，犹觉新鲜而富于启示性。

怎样辨别诗的好坏，何其芳提出了一个理论所由来的标准，它在当前很有现实意义：理论总是从具体的事实概括出来的。没有可靠的事实作基础，或者仅仅从前人的理论演绎出来的理论，都是一些可疑的理论。

何其芳的《诗歌欣赏》正是这样做的。他从大量的诗歌作品，归结好诗在内容上和表现形式上的特征。好的诗歌总要有这样的内容：它是从生活中来的，它是饱和着作者的感情的，它是有一定的典型性和独创性，而且能造成一种美的境界的。好的诗歌总要有这样的表现形式：它是完美的、和谐的、有特点的，它是和散文有区别的，它是和它所表现的内容很适合因而能加强内容的感染力的。好诗的形式、写法和风格千变万化，要随着时代和阶级的不同而有变化和差异，每一个有独创性的诗人，都要有自己的特色。总之，好诗总是美好的内容和美好的形式的统一，总是能够深深地打进读者的心里，总是经得起反复玩味，而且使人长久长久不能忘记。

建立新诗的现代格律，这是何其芳作过多年探讨的一个目标。他的探讨不是孤立和偶然的，一方面他从自己的创作发展过程中，感觉到这个问题，同时，他又从闻一多、孙大雨受到启示。闻一多早在1926 年即提出了"诗的格律"的问题。他提出诗的格律不独包括音乐的美（音节），绘画的美（辞藻），并且还有建筑的美（节的匀称和句的均齐）。

闻一多把"音尺"作为节奏的标志，并且在例如《死水》这样的诗里作了尝试："这是　一沟　绝望的　死水，/ 清风　吹不起　半点漪沦。"孙大雨也在他创作的诗歌《诀绝》《老话》，以及译诗剧《罕姆雷特》等对于"音组"作了尝试："你不能　推辞，说这是　情爱，因为 / 在你　这样的　年岁，血里的　欲火 / 已经　驯静，已经　卑微无力。"何其芳在前人多方面探索和尝试的基础上，提出了他自己对于"现代格律诗"的设想和设计。他这方面的意见，集中在《关于现代格律诗》《关于诗歌形式问题的争论》《再谈诗歌形式问题》等几篇长文里。何其芳的意见，以"顿"作为节奏的标志，充分地考虑了现代口语的特点和现代汉语词汇构成上的特点，主张每行的顿数要大体整齐（不必顾到字数整齐），每行基本上以两个字的词收尾（也不排除一个字的词收尾），每节的行数应有规律，押大致相同的韵，但不必一韵到底。在建立新诗格律诗的理论方面，闻一多的意见是针对着"五四""诗体解放"之后新诗创作中出现的散漫无序的自由状态而提出的，何其芳的意见是针对着 30 年代以来一股由散文美而带来的散文化诗风而提出的。在新诗史上，先后还有陆志韦、刘半农、刘梦苇、朱湘、饶孟侃、梁宗岱、卞之琳、田间等做了不少有关探讨与建树。然而，在这当中，何其芳思考最多，思考得也更细致和长久一些，他的意见理所当然地应当引起史家和诗坛的注目，当作一份遗产，继承下来，并继续探索下去。

1993 年春于北京

注：本文作者经多方联系未果，作者家属见此文后，请与我社联系。

目录

第一辑

第二辑

第一辑

预　言

这一个心跳的日子终于来临！
呵，你夜的叹息似的渐近的足音，
我听得清不是林叶和夜风私语，
麋鹿驰过苔径的细碎的蹄声！
告诉我用你银铃的歌声告诉我，
你是不是预言中的年轻的神？

你一定来自那温郁的南方！
告诉我那里的月色，那里的日光！
告诉我春风是怎样吹开百花，
燕子是怎样痴恋着绿杨！
我将合眼睡在你如梦的歌声里，
那温暖我似乎记得，又似乎遗忘。

请停下你疲劳的奔波，
进来，这里有虎皮的褥你坐！
让我烧起每一个秋天拾来的落叶，

听我低低地唱起我自己的歌！
那歌声将火光一样沉郁又高扬，
火光一样将我的一生诉说。

不要前行！前面是无边的森林：
古老的树现着野兽身上的斑纹，
半生半死的藤蟒一样交缠着，
密叶里漏不下一颗星星。
你将怯怯地不敢放下第二步，
当你听见了第一步空寥的回声。

一定要走吗？请等我和你同行！
我的脚步知道每一条熟悉的路径，
我可以不停地唱着忘倦的歌，
再给你，再给你手的温存！
当夜的浓黑遮断了我们，
你可以不转眼地望着我的眼睛！

我激动的歌声你竟不听，
你的脚竟不为我的颤抖暂停！
像静穆的微风飘过这黄昏里，
消失了，消失了你骄傲的足音！
呵，你终于如预言中所说的无语而来，
无语而去了吗，年轻的神？

1931 年

季候病

说我是害着病，我不回一声否。
说是一种刻骨的相思，恋中的征候。
但是谁的一角轻扬的裙衣，
我郁郁的梦魂日夜萦系？
谁的流盼的黑睛像牧女的铃声
呼唤着驯服的羊群，我可怜的心？
不，我是梦着，忆着，怀想着秋天！
九月的晴空是多么高，多么圆！
我的灵魂将多么轻轻地举起，飞翔，
穿过白露的空气，如我叹息的目光！
南方的乔木都落下如掌的红叶，
一径马蹄踏破深山的寂默，
或者一湾小溪流着透明的忧愁，
有若渐渐地舒解，又若更深地绸缪……

过了春又到了夏，我在暗暗地憔悴，
迷漠地怀想着，不做声，也不流泪！

1932 年

慨　叹

我是丧失了多少清晨露珠的新鲜？
多少夜星空的静寂滴下绿荫的树间？
春与夏的笑语？花与叶的欢欣？
二十年华待唱出的青春的歌声？

我饮着不幸的爱情给我的苦泪，
日夜等待熟悉的梦来覆着我睡，
不管外面的呼唤草一样青青蔓延，
手指一样敲到我紧闭的门前。

如今我悼惜我丧失了的年华，
悼惜它如死在青条上的未开的花。
爱情虽在痛苦里结了红色的果实，
我知道最易落掉，最难捡拾。

1932 年

欢　乐

告诉我，欢乐是什么颜色？
像白鸽的羽翅？鹦鹉的红嘴？
欢乐是什么声音？像一声芦笛？
还是从稷稷的松声到潺潺的流水？

是不是可握住的，如温情的手？
可看见的，如亮着爱怜的眼光？
会不会使心灵微微地颤抖，
而且静静地流泪，如同悲伤？

欢乐是怎样来的？从什么地方？
萤火虫一样飞在朦胧的树荫？
香气一样散自蔷薇的花瓣上？
它来时脚上响不响着铃声？

对于欢乐，我的心是盲人的目，
但它是不是可爱的，如我的忧郁？

1932 年

脚　步

你的脚步常低响在我的记忆中，
在我深思的心上踏起甜蜜的凄动，
有如虚阁悬琴，久失去了亲切的手指，
黄昏风过，弦弦犹颤着昔日的声息，
又如白杨的落叶飘在无言的荒郊，
片片互递的叹息犹是树上的萧萧。
啊，那是江南的秋夜！

　　　　　　深秋正梦得酣熟，
而又清澈，脆薄，如不胜你低抑之脚步！
你是怎样悄悄地扶上曲折的阑干，
怎样轻捷地跑来，楼上一灯守着夜寒，
带着幼稚的欢欣给我一张稿纸，
喊看你的新词，

　　　　　那第一夜你知道我写诗！

1932 年

雨　天

北方的气候也变成南方的了：
今年是多雨的夏季。
这如同我心里的气候的变化：
没有温暖，没有明霁。

是谁第一次窥见我寂寞的泪，
用温存的手为我拭去？
是谁窃去了我十九岁的骄傲的心，
而又毫无顾念地遗弃？

呵，我曾用泪染湿过你的手的人，
爱情原如树叶一样，
在人忽视里绿了，在忍耐里露出蓓蕾，
在被忘记里红色的花瓣开放。

红色的花瓣上颤抖着过，成熟的香气，

这是我日与夜的相思，

而且飘散在这多雨水的夏季里，

过分地缠绵，更加一点润湿。

1932 年

罗　衫

我是，曾装饰过你一夏季的罗衫，
如今柔柔地折叠着，和着幽怨。
襟上留着你嬉游时双桨打起的荷香，
袖间是你欢乐时的眼泪，慵困时的口脂，
还有一枝月下锦葵花的影子
是在你合眼时偷偷映到胸前的。
眉眉，当秋天暖暖的阳光照进你房里，
你不打开衣箱，检点你昔日的衣裳吗？
我想再听你的声音。再向我说：
"日子又快要渐渐地暖和。"
我将忘记快来的是冰与雪的冬天，
永远不信你甜蜜的声音是欺骗。

1932 年

秋 天

震落了清晨满披着的露珠，
伐木声丁丁地飘出幽谷。
放下饱食过稻香的镰刀，
用背篓来装竹篱间肥硕的瓜果。
秋天栖息在农家里。

向江面的冷雾撒下圆圆的网，
收起青鳊鱼似的乌桕叶的影子。
芦篷上满载着白霜，
轻轻摇着归泊的小桨。
秋天游戏在渔船上。

草野在蟋蟀声中更寥阔了。
溪水因枯涸见石更清冽了。
牛背上的笛声何处去了，
那满流着夏夜的香与热的笛孔？
秋天梦寐在牧羊女的眼里。

1932 年

爱　情

晨光在带露的石榴花上开放。
正午的日影是迟迟的脚步
在垂杨和菩提树间游戏。
当南风无力地
从睡莲的湖水把夜吹来，
原野更流溢着郁热的香气，
因为常春藤遍地牵延着，
而菟丝子从草根缠上树尖。
南方的爱情是沉沉地睡着的，
它醒来的扑翅声也催人入睡。

霜隼在无云的秋空掠过。
猎骑驰骋在荒郊。
夕阳从古代的城阙落下。
风与月色抚摩着摇落的树。
或者凝着忍耐的驼铃声

留滞在长长的乏水草的道路上，
一粒大的白色的殒星
如一滴冷泪流向辽远的夜。
北方的爱情是警醒着的，
而且有轻趑的残忍的脚步。

爱情是很老很老了，但不厌倦，
而且会作婴孩脸涡里的微笑。
它是传说里的王子的金冠。
它是田野间的少女的蓝布衫。
你呵，你有了爱情
而你又为它的寒冷哭泣！
烧起落叶与断枝的火来，
让我们坐在火光里，爆炸声里，
让树林惊醒了而且微颤地
来窃听我们静静地谈说爱情。

1932 年

月　下

今宵准有银色的梦了，

如白鸽展开沐浴的双翅，

如素莲从水影里坠下的花瓣，

如从琉璃似的梧桐叶

流到积霜的瓦上的秋声。

但眉眉，你那里也有这银色的月波吗?

即有，怕也结成玲珑的冷了。

梦纵如一只顺风的船，

能驶到冻结的夜里去吗?

1932 年

休洗红

寂寞的砧声散满寒塘，
澄清的古波如被捣而轻颤。
我慵慵的手臂欲垂下了。
能从这金碧里拾起什么呢？

春的踪迹，欢笑的影子，
在罗衣的褪色里无声偷逝。
频浣洗于日光与风雨，
粉红的梦不一样浅退吗？

我杵我石，冷的秋光来了。
它的足濯在冰样的水里，
而又践履着板桥上的白霜。
我的影子照得打寒噤了。

1932 年

花 环

放在一个小坟上

开落在幽谷里的花最香。
无人记忆的朝露最有光。
我说你是幸福的，小玲玲，
没有照过影子的小溪最清亮。

你梦过绿藤缘进你窗里，
金色的小花坠落到发上。
你为檐雨说出的故事感动，
你爱寂寞，寂寞的星光。

你有珍珠似的少女的泪，
常流着没有名字的悲伤。
你有美丽得使你忧愁的日子，
你有更美丽的夭亡。

1932 年

祝　福

青色的夜流荡在花荫如一张琴。
香气是它飘散出的歌吟。
我的怀念正飞着，
一双红色的小翅又轻又薄，
但不被网于花香。
新月如半圈金环。那幽光
已够照亮路途。
飞到你的梦的边缘，它停伫，
守望你眉影低垂，浅笑浮上嘴唇，
而又微动着，如嗅我的吻的贪心。
当虹色的梦在你黎明的眼里轻碎，
化作亮亮的泪，
它就负着沉重的疲劳和满意
飞回我的心里。
我的心张开明眸，
给你每日的第一次祝福。

1932 年

赠 人

你青春的声音使我悲哀。
我忌妒它如流水声睡在绿草里，
如群星坠落到秋天的湖滨，
更忌妒它产生从你圆滑的嘴唇。
你这颗有成熟的香味的红色果实
不知将被啮于谁的幸福的嘴。

对于梦里的一枝花，
或者一角衣裳的爱恋是无希望的。
无希望的爱恋是温柔的。
我害着更温柔的怀念病，
自从你遗下明珠似的声音，
触惊到我忧郁的思想。

1932 年

昔　年

黄色的佛手柑从伸屈的指间

放出古旧的淡味的香气；

红海棠在青苔的阶石的一角开着，

像静静滴下的秋天的眼泪；

鱼缸里玲珑吸水的假山石上

翻着普洱草叶背的红色；

小庭前有茶漆色的小圈椅

曾扶托过我昔年的手臂。

寂寥的日子也容易从石阑畔，

从踯躅着家雀的瓦檐间轻轻去了，

不闻一点笑声，一丝叹息。

那迎风开着的小廊的双扉，

那匍匐上楼的龙钟的木梯，

和那会作回声的高墙

都记得而且能琐细地谈说

我是一个太不顽皮的孩子，

不解以青梅竹马作嬉戏的同伴。
在那古老的落寞的屋子里，
我亦其一草一木，静静地长，
静静地青，也许在寂寥里
也曾开过两三朵白色的花，
但没有飞鸟的欢快的翅膀。

1933 年

圆月夜

圆月散下银色的平静，
浸着青草的根如寒冷的水。
睡莲从梦里展开它处女的心，
羞涩的花瓣尖如被吻而红了。
夏夜的花蚊是不寐的，
它的双翅如粘满花蜜的黄蜂的足，
窃带我们的私语去告诉芦苇。

说呵，是什么哀怨，什么寒冷摇撼，
你的心，如林叶颤抖于月光的摩抚，
摇坠了你眼里纯洁的珍珠，悲伤的露？
"是的，我哭了，因为今夜这样美丽！"
你的声音柔美如天使雪白之手臂，
触着每秒光阴都成了黄金。
你以为我是一个残忍的爱人吗？

若我的胸怀如蓝色海波一样柔媚，

枕你有海藻气息的头于我的心脉上。

它的颤跳如鱼嘴里吐出的珠沫，

一串银圈作眠歌之回旋。

迷人的梦已栖止在你的眉尖。

你的眼如含苞未放的并蒂二月兰，

蕴藏着神秘的夜之香麝。

你听见金色的星殒在林间吗？

是黄熟的槐花离开了解放的枝头。

你感到一片绿荫压上你的发际吗？

是从密叶间滑下的微风。

玲珑的栏杆的影子已移到我们脚边了。

你沉默的朱唇期待的是什么回答？

是无声的落花一样的吻？

1933 年

古　意

你青春的声音使我悲哀。
我忌妒它如欢乐的流水声
睡在浅浅的绿草里，
如群星的银声坠落到
梦着秋天的湖心，更忌妒它
产生从你圆滑的嘴唇：
这颗有成熟的香味的红色果实
不知将被摘于哪只幸福的手。

对于梦里的一枝花
或一角衣裳的爱恋是无希望的。
无希望的爱恋是温柔的。
我害着更温柔的怀念病，
自从你遗下你明珠似的声音，
触惊到我忧郁的思想。

1933 年

鸽　笛

像银色的圈
像轻烟
笛声从你们的翅尖
摩到九月的天
载着我迷漠的怀念
辽远的恋

天是我的海　我的家
柔软　清澈　无涯
月的鱼　星的虾
云的浪花
驶向它
我的风帆高挂

你又向下低落
我灵魂的船　白的鸽

白的音乐

低落到你们裸着的脚

触着秋的野坡

黄叶间的猎角

我也是地的孩子

恋着它的呼吸

像淫荡的女体

吐着草与苔的气息

它怀里

也如盐味的海水使我沉溺

1933 年

岁暮怀人（一）

驴子的鸣声吐出
又和泪吞下喉颈，
如破旧的木门的鸣泣，
在我的窗子下。
我说：
温善的小牲口，
你在何处，丢失了你的睡眠？

饮鸩自尽者掷空杯于地：
起初一声尖锐的快意划在心上；
其次哭泣着自己的残忍；
随温柔的泪既尽
最后是平静的安息吧。
在画地自狱里我感到痛苦，
但丢失的东西太多，
惦念的痴心也减少了。

我曾在地图上，

寻找你居住的僻小的县邑，

猜想那是青石的街道，

低的土墙瓦屋，

一圈古城堞尚未拆毁，

你仍以宏大的声音

与人恣意谈笑，

但不停地挥着斧

雕琢自己的理想……

衰老的阳光渐渐冷了，

北方的夜遂更阴暗，更长。

1933 年

岁暮怀人(二)

当枯黄的松果落下

低飞的鸟翅作声,

你停止了林子里的独步,

当水冷鱼隐,

塘中飘着你寂寞的钩丝,

当冬天的白雾封了你的窗子,

长久隐遁在病里,

还挂念你北方的旧居吗?

在墙壁的阴影里,

在屋角的旧藤椅里,

曾藏蔽过我多少烦忧!

那时我常有烦忧,

你常有温和的沉默,

破旧的冷布间,

常有壁虎抽动着灰色的腿。

外面是院子。
啄木鸟的声音枯寂地战栗地，
从槐树的枝叶间漏下，漏下，
你问我喜欢那声音不——
若是现在，我一定说喜欢了。

西风里换了毛的骆驼群，
举起足
又轻轻踏下，
街上已有一层薄霜。

1933 年

咒诅与祝福

第一个吻去我唇上青春的
红色的人，应受我的心底咒诅，
但以它中了爱情魔术的手指，
你残忍的人都得到了祝福。

你带着贪婪地索取的眼泪来了，
要我的笑，我的泪，我的深情的缱绻，
我默默地给予了，你又说你要看
我永远在黑暗里的爱情的火焰。

我记得你眼睛里明晦的变换，
我是一个完全属于记忆的动物
而且狐一样多疑，鼠一样心怯，
常震颤于幻听里的你的脚步。

1933 年

柏　林

日光在蓖麻树上的大叶上。
七里蜂巢栖在土地祠里。
我这与影竞走者
逐巨大的圆环归来，
始知时间静止。

但青草上
何处是追逐蟋蟀的鸣声的短手膀？
何处是我孩提时游伴的欢呼
直升上树梢的蓝天？
这巨大的童年的王国
在我带异乡尘土的脚下
可悲泣地小。

沙漠中行人以杯水为珍。
弄舟者愁怨桨外的白浪。

我昔自以为有一片乐土，
藏之记忆里最幽暗的角隅。
从此始感到成人的寂寞，
更喜欢梦中道路的迷离。

1933 年

梦　后

生怯的手
放一束黄花在我的案上。
那是最易凋谢的花了。
金色的足印散在地上，
生怯的爱情来访
又去了。

昨夜竹叶满窗，
寒风中携手同归，
谈笑于家人之前，
炉火照红了你的羞涩
（你幸福的羞涩照亮了
我梦中的幽暗。）

轻易送人南去，
车行后月白天高，

今晚翻似送走了我自己。

在这风沙的国土里，

是因为一个寂寞的记忆吗，

始知珍爱我自己的足迹。

1934 年

病　中

想这时湖水
正翻着黑色的浪，
风掠过灰瓦的屋顶，
黄瓦的屋顶，
大街上沙土旋转着
像轮子，远远的郊外
一乘骡车在半途停顿，
四野没有人家……

四个墙壁使我孤独。
今天我的墙壁更厚了
一层层风，一层层沙。

"今夜北风像波涛声
摇撼着我们的小屋子
像船。我寂寞的旅伴，

你厌倦了这长长的旅程吗？
我们是到热带去，
那里我们都将变成植物，
你是常春藤
而我是高大的菩提树。"

黄昏。我轻轻开了
我的灯，开了我的书，
开了我的记忆像锦匣。

1934 年

短歌两章

其 一

日头西沉了
又东升，希望
在你们的路上。

问我为何徘徊，
越过海又走遍沙漠，
挂念一个木窗亮着
红烛光，不是期待我
但我祝福？

　　　　　　我倦了
就休息在路上。一棵树
倒下时不择地方。

其 二

沿着长锄柄
汗水流到泥土里，
长出了青的草，
黄的谷花。

贪婪的向土中发掘的
人呵，你将睡在地下。
又在墓墟里起高楼，
笑声杂着杯盘响，
欢乐使你们发狂了
又拔剑相向。

巨大的城将要崩坏，
埋在墓里的人将要起来。
大地老这样沉默才真古怪。

1934 年

古　城

有客从塞外归来，
说长城像一大队奔马
正当举颈怒号时变成石头了
（受了谁的魔法，谁的诅咒！）
蹄下的衰草年年抽新芽。
古代单于的灵魂已安睡
在胡沙里，远戍的白骨也没有怨嗟……

但长城拦不住胡沙
和着塞外的大漠风
吹来这古城中，
吹湖水成冰，树木摇落，
摇落浪游人的心。

深夜踏过白石桥
去摸太液池边的白石碑。

以后逢人便问人字柳

到底在哪儿呢，无人理会。

悲这是故国遂欲走了

又停留，想眼前有一座高楼，

在危阑上凭倚……

                坠下地了

黄色的桃花，伤感的泪。

邯郸逆旅的枕头上

一个幽暗的短梦

使我尝尽了一生的哀乐。

听惊怯的梦的门户远闭，

留下长长的冷夜凝结在地壳上。

地壳早已僵死了，仅存几条微颤的动脉，

间或，远远的铁轨的震动。

逃呵，逃到更荒凉的城中，

黄昏上废圮的城堞远望，

更加局促于这北方的天地。

说是平地里一声雷响，

泰山：缠上云雾间的十八盘

也像是绝望的姿势，绝望的叫喊

（受了谁的诅咒，谁的魔法！）

望不见黄河落日里的船帆！

望不见海上的三神山！

悲世界如此狭小又逃回
这古城。风又吹湖冰成水。
长夏里古柏树下
又有人围着桌子喝茶。

1934 年

扇

设若少女妆台间没有镜子，

用成天凝望着悬在壁上的宫扇，

扇上的楼阁如水中倒影，

染着剩粉残泪如烟云，

叹华年流过绢面，

迷途的仙源不可往寻，

如寒冷的月里有了生物，

望着这苹果形的地球，

猜在它的山谷的浓淡阴影下，

居住着的是多么幸福……

1934 年

夜　景（一）

市声退落了
像潮水让出沙滩。
每个灰色的屋顶下
有安睡的灵魂。

最后一乘旧马车走过……

宫门外有劳苦人
枕着大的凉石板睡了，
半夜醒来踢起同伴，
说是听见了哭声，
或远或近地，
在重门锁闭的废宫内，
在栖满乌鸦的城楼上。
于是更有奇异的回答了，
说是一天黄昏，

曾看见石狮子流出眼泪……

带着柔和的叹息远去，
夜风在摇城头上的衰草。

1934 年

夜　景（二）

下弦夜的蓝雾里。
（假若你不是这城中的陌生客，
会在街上招呼错人。）

马蹄声凄寂欲绝。
在剥落的朱门前，
在半轮黄色的灯光下，
有怯弱的手自启车门，
放下一只黑影子，
又摸到门上的铜环。
两声怯弱的扣响。
（你猜想他是一个浪子，
虚掷了半生岁月，
乃回到衰落的门庭，
或者垂老无归，
乃远道投奔他仅存的亲人？）

又两声铜环的扣响

追问门内凄异的沉默。

（猜想他未定的命运吧！）

剥落的朱门开了半扇，

放进那只黑影子又关上了。

（把你关到世界以外了。）

马蹄声凄寂遂远。

（所以黄昏时候

鸟雀就开始飞，

是怕天黑尽了

在树林找错了它们的巢。）

1934 年

初 夏

绿叶牵满你屋檐下，
长脚蜂在寻它的旧巢，
那是初夏吗？郊游的归途上
一片白水误认是河流，
到疏耸的林木下去徙倚，
想起故乡，故乡的渔船……
真送你走了，让火车载着
瘦弱的你去过黄河铁桥。

已几个初夏了。检点衣衫
曾湿过隔年的故乡雨，
失悔竟没有去看你的病，
看你屋侧的塘，看你的钓竿。
我在家里做了一点远方客，
匆忙的远方客，没有在木窗下
追思那些逍逝的童时，

没有在废楼的蛛丝尘里
发掘缺足的小臂椅，
没有去看我少年时的朋友
（睡在墓里已五年了），
常爱墓前挂剑的古人，
但竟没有去说点异乡景物
与他听就走了，回来了。

黄昏瞑坐在靠背椅上
想卖草鞋的老人坐在架上
（清早对于他也像日暮）
看门前长长的石板路：
多少人来了又去了，
多少人穿着他手编的草鞋
到城里买布，山里贩药材。
他记得白莲教的造反，
记得从前的铜钱用绳子穿，
留着白了又脱发的小辫子
嘲笑时间的迁移，世界的变，
过路人说他越老越强健
像棵树，他自己明白快倒下……

想我就是那故事里的老人，
无论是黄昏还是清早
瞑坐在窗前的靠背椅上。

你该来邀我出去走走了，
若是这时仍同在会馆里。
我也邀自己到深深的树林里
去洗一洗满身的尘土，
但北方的园子里没有深林，
而且："劳驾，哪儿是樱花呢？"
"早谢了，先生，你来晚了。"

1934 年

暮　雨

暮雨生寒，窗纱太薄了
如檐前蛛网不胜坠珠……

壁上若挂有古桐琴
冷雨应变弦上声，
真要倩谁的手指取下来
奏一曲天际归舟，
日暮江雁低飞，

或是听流水呜咽
在巫峡旅途间，
三日苦雨，五日逆风，
虽无清猿啼在最高枝
总愁山外还有人吗
山外又白云外：
免得坐着想废苑里

绿萍遮满了池水，

画壁上的花也在零落。

1934 年

我的乡土

我要旷大的旷大的天空，
缓缓移在砖壁的光阴，
一池清水来养巨尾的青鱼
一点平静与寂寞来养我的心。
我的乡土是能够给我的，
我听见了它允许的声音。

我要竹声来荫小庭的盛夏，
鸠与鹊来告说雨晴。
枣实坠在它枝叶的荫下，
芍药在去年死处重生，
我说我就当田间的小涧，
潺湲声流不过一匹山岭。

我要健壮的草野的气息，
七月里遍地是成熟的黄金。

或许我更要无梦的夜，

知时会的风雨，护花的春温。

我的乡土都会允许我的，

我听见它呼唤的声音。

1935 年

风沙日

正午。河里的船都张起白帆时
我放下我窗外的芦苇帘子。
太阳是讨厌思想的。

放下我的芦苇帘子
我就像在荒岛的岩洞里了。
但我到底是被逐入海的米兰公，
还是他的孤女美鸢达？
美鸢达！我叫不应我自己的名字。
忽然狂风像狂浪卷来，
满天的晴朗变成满天的黄沙。
这难道是我自己的魔法？

二十年来未有的大风，
吹飞了水边的老树想化龙，
吹飞了一垛墙，一块石头，

到驴子头上去没有声息。

我正想睡一个长长的午觉呢。

我正想醒来落在仙人岛边

让人拍手笑秀才落水呢。

但让我听我自己的梦话吧！

……And Ladies call it Love-in-idieness

不要滴那花汁在我的眼皮上，

我醒来第一眼看见的

可能是一匹狼，一头熊，一只猴子……

……口渴？可要一杯水？一只橘子？

说着说着，一翻身，一伸手，

把床前藤桌上的麦冬草

和盆和盘打下地了。

打碎了我的梦了。

我又想我是一个白首狂夫，

披发提壶，奔向白浪呢。

卷起我的窗帘子来：

看到底是黄昏了，

还是一半天黄沙埋了这座巴比伦？

1935 年

箜篌引^①

公无渡河！公竟渡河。
渡河而死，将奈公何！

不要奔向那水妖的魔咒的呼召，
那从我怀里夺去你的爱情的水妖。
不要奔向她玄缙的天鹅似的腰身，
深蓝的猫眼石似的含毒汁的明睛，
黝黑的海藻似的柔韧的长发，
对你洒来青色雨点似的蛊媚的话。
不要奔向那银涛的叠折的峦岭，
起落在烟雾间的重嶂的咆哮声，
在你的眼里是迎接你的白玉的阶道，
在你耳里是她和姊妹们的歌笑。
不要奔向死亡的荒淫的华筵，
她幻骗的手指着的水晶的宫殿。
即使日光在屋上铺着金色的瓦，

鲤鱼的嘴在窗间吐出银色的花，
你不会有温暖的芳香的呼吸，
如在生长绿树与果实的大地。
不要奔向她冰冷的火焰色的红唇，
那正如珊瑚是古旧的骷髅所环成。
不要奔向她白鸽似的足，银蛇似的手，
那都有沉重的残忍，虽说看来轻柔。
不要奔向那渴待着吞噬你的河水——
我随从着你的心，号泣着的手臂
要追逐载你去了的狂风似的急流
把你夺回来，从我爱情的寇雠。

1935 年

枕与其钥匙

"沧浪之水清兮，"有人唱，
"卷梧桐叶以为杯
一饮遂丧失了记忆。"

我不问谁的梦像草头露
作了我一夜的墓：
最怕月晓风清欲坠时，
失落了墓门的钥匙。
有人把枕当作仙人袖：
在袖内的壁上题着惜别字。
我不问从谁的梦里醒来，
自叹我的悲哀明净
如轻舟，不载一滴泪水。

1935 年

声　音

鱼没有声音。蟋蟀以翅长鸣。
人类的祖先直立行走后
还应庆幸能以呼喊和歌唱
吐出塞满咽喉的悲欢，
如红色的火焰能使他们温暖，
当他们在寒冷的森林中夜宴，
手掌上染着兽血
或者紧握着石斧，石剑。

但是谁制造出精巧的弓矢，
射中了一只驯鹿
又转身来射他兄弟的头额？

于是有了十层洋楼高的巨炮
威胁着天空的和平，
轧轧的铁翅间散下火种

能烧毁一切城市的骨骼：钢铁和水门汀。

不幸在人工制造的死亡的面前，

人类丧失了声音

像鱼

在黑色的网里。

当长长的阵亡者的名单继续传来，

后死者仍默默地在粮食恐慌中

找寻一片马铃薯，一个鸡蛋。

而那几个发狂的赌徒也是默默地

用他们肥大而白的手指

以人类的命运为孤注

压在结果全输的点子间。

1936 年

醉　吧

给轻飘飘地歌唱着的人们

醉吧。醉吧。
真正的醉者有福了，
因为天国是他们的。

如其酒精和书籍
和滴蜜的嘴唇
都掩不住人间的苦辛，
如其由沉醉而半解
而终于全醒，
是否还斜戴着帽子，
半闭着眼皮，
扮演一生的微醺？

震慑在寒风里的苍蝇
扑翅于纸窗前，
梦着死尸，

梦着盛夏的西瓜皮，
梦着无梦的空虚。

我在我嘲笑的尾声上
听见了自己的羞耻：
"你也不过嗡嗡嗡
像一只苍蝇！"

如其我是苍蝇，
我期待着铁丝的手掌
击到我头上的声音。

1936 年

第二辑

人类史图

我翻开了人类史图的一叶：

没有静睡的山脉和港湾。
没有深蓝的海洋和棕黄的高原。
只描绘着死去的时间，
并从它的黑影里闪耀着
或新或旧的血。

我的眼睛像哥伦布发现了树枝，
哦，一小点绿色。一棵菩提树。
瞿昙悉达多是蜘蛛
从那枝叶下张者幽暗的网罟。

我又看见竖着十字架的骷髅地，
戴着荆棘的冠冕的人子，
和两个强盗一同钉死。

那一片血点起了焚烧异教徒的烈火
并流成了一道泛滥的长河，
杀奔巴勒斯坦的十字军。

最后我望着一片炎热的沙漠，
一个牧童突然跃上战马，
右手执剑，左手执他杜撰的圣书。

1937 年

大武汉的陷落

天空的，海底的电波，
四方八面的电波，
颤抖着，说着大武汉的陷落。
全世界的朋友们呵
听下去，听下去：
中华民族的巨大的手掌
为着储蓄精力，
好一下扼住他的咽喉，叫他死，
在贪婪的强盗的面前，
又丢下一个漂亮的
然而空空的城市。

对着收音机的，
对着日报或者晚报的
全中国的兄弟们呵
听下去，看下去。

不要颤抖。不要让报纸
从手指间落下地。

十月二十八日清晨，
我读着油印的《今日新闻》：
……敌人动员三十余师团，
五个月来伤亡四十万……
黑夜中红色的火光上升，
木制房屋的燃烧声
杂着石建房屋的炸裂声
清晰可闻……第三特区内
人行道上挤满了男女老幼，
难于插足行走……
我没有颤抖。我沉痛地
然而坚定地自语：
大武汉，强盗吞下你
像又吞下一块顽石……

我还没有说完
便在我的想象里看见了
失败主义者的鬼脸。

听完了收音机的，
看完了日报或者晚报的，
全中国的兄弟们呵

翻开毛泽东同志的《论持久战》
看下去，看下去。
我们的路途还很辽远，
还未走完抗战的第一阶段。
苦难还在扩大，还在加深，
大武汉完成了它必然的牺牲。
我们用坚定、团结和勇敢，
必然可以走完这长长的苦难，
看见自由的幸福的新中国
微笑着，站在我们的面前。

1938 年

我们的历史在奔跑着

一

我亲爱的姊妹,
年轻的姊妹,
我们的历史在奔跑着,
你看它跑得多快!

你们在学习着科学的实验,
你们在学习着革命的历史,
你们都快要是干部了。
而你们又多么像一群小女孩子!
你说你们晚上临睡前
大家轮流着讲故事,
一直讲到了那些顶古老,顶古老的。

你要我也讲一个。

好，我也讲一个顶古老，顶古老的故事，
我的姑母的故事。

我的姑母是一个 Ophilia。
我的姑母是一个疯子。
Ophilia 那个爱着 Hamlet 的疯子，
攀着河边的白杨树，
攀着那叶子在水面上反光的白杨树，
一下子就掉进了水里。
我的姑母坐在我那古老的家宅的后门口，
唱着那种疯子的歌，
只有她自己才知道它的意义的歌，
而且把腰门摇得吱呀地响。

后门里面是我们吃饭的屋子。
墙壁上总是爬着许多蚊子。
我那时总是喜欢用我的小手掌
去打死它们。
外面是竹林，阴沟，水井。
葡萄树上结着很小很小的葡萄。
青梅树上结着很酸很酸的梅子。

我的姑母原来是一个沉默的安静的人，
有着那种沉默的安静的微笑，
如那些心地善良的人所常有的。

我的祖父把她嫁给
一个县城里的商人的儿子，
因为他家里有上万的财产，
有好几家铺子。
她的丈夫到我们乡下来的时候，
穿着发亮的丝织品的衣服，
抽着香烟，
而且哼着那种县城里的下流的调子。
他和他的一切
和我们那古老的家宅是很不调和的。

她嫁过去后不久就疯了，
而且被绑着手
装在轿子里
送回到我们家里。
我不知道那是怎样开始的，
只是从母亲们的谈话
知道她的婆婆是一个后母。

而我就有了一个疯子姑母。

她的病好了，
又被送回到她的丈夫的家里。
我到县城里去看见她的时候，
她又是一个沉默的安静的人，

又有着那种沉默的安静的微笑。

她好几年不生儿女。
她的丈夫就又娶了一个妓女。
最后她很年轻地死去了,
由于一种奇怪的病。
我的母亲们谈说着她的病的时候,
说那是一种可怕的疮,
使全身溃烂的疮,
不可医治的疮,
说不出它的名字,
而且悲伤地,无可奈何地叹着气。

一直到我生活在都市里,
阅读着图书馆的各种书籍,
我才在美国 Dr. Robinson 的
"性的知识"上
给我的纯洁的姑母的
不洁的病
找到了一个名字。

二

我亲爱的姊妹,
年轻的姊妹,

我们的历史在奔跑着，
你看它跑得多快！

但是我也许给你讲了一个不愉快的故事。
我能够想象未来的男和女的生活
都快乐而且合理，
但是我有时又想起了过去，
想起了过去的人，
如同我们有时想伸出手
去摩抚那些不幸的小孩子的头顶。

我的姐姐有一个女朋友。
她的父亲在清朝是一个小京官，
在民国是一个顽固派。
一直到她岁数很大，
一直到她的父亲回到家乡，
把她交给幼时许配的人家，
她才有机会在北平上学校。
我的姐姐说她是很聪明的，
说她每次从电影院出来，
从刚看过一次的有声电影
就学会了一只新的歌子。
她很快地就熟悉了新的事物，
会给自己做一些时髦的衣服。

她很快地被同学介绍给一个男子认识，
很快地从她的未婚夫的家里逃出，
和那男子一起到日本去度蜜月。

很快地我的姐姐收到她从海外寄来的信，
她带着旧式女孩子的口气
写了一句很古老的话，
"一失足成千古恨，"
用它来总括她婚后的生活和幸福。

很快地她回到北平来生孩子，
而她的丈夫就抛弃了她。
一个人总是有自尊心的。
于是她独自抚养着她的婴孩，
在会馆里过着很穷苦，很穷苦的日子，

北平是一个衰落的都市。
大街上总是照着淡淡的寒冷的阳光。
大车的轮子后面总是跟着一片尘土。
就是那有铁轨的电车也走得很慢，很慢，
仿佛它总是很疲倦，随时都想停住。

那会馆更充满了衰落的空气。
它是从前的一位四川的爵爷
捐修来给那些上京投考的士子们住的。

现在住着穷苦的学生，
没有职业的家庭。
院子里的槐树上吊着青色的槐蚕。
窗子的冷布上爬着灰色的壁虎。

她写了很多的信给她的父亲，
但收不到一封回信，
因为他总是不拆开看就烧了它们。
他把打算给她的遗产捐给了庙里，
而且后来自己成了一个瞎子。

后来她又和一个小职员结了婚，
又生下了一个孩子。

后来那个男子又抛弃了她，
而我们就再也没有她的消息。

三

我亲爱的姊妹，
年轻的姊妹，
我们的历史在奔跑着，
你看它跑得多快！

但是你看我自己快要流出了眼泪。

我自己也不知道
我是在欢喜着历史给我们带走了那过去，
那沉重的不愉快的过去，
还是在悲伤着在它的行程中
有着那样多的无名的悲剧。

但是现在该轮到我来听
你们，你们自己的故事了，
你们这幸福的年轻的一代，
你们这些胜利的叛逆者，
你们这些能够主宰自己的命运的人！

1940 年

快乐的人们

秋天的夜晚。野外。大的红红的火堆。
许多青年男女歌唱着，跳舞着。

所有的人

我们使荒凉的地方充满了歌唱。
在寒冷的夜晚我们感到温暖。

我们开垦出来的山头突起而且丰满
像装满了奶汁的乳房，从它们，我们收获了
　　冬天的食粮

我们庆祝着我们的收获，
也庆祝着我们自己。
我们年轻而且强壮，
而且蓬勃地燃烧着，
我们是一堆红红的火！

所有的女子

我们是曾经被哲学家嘲笑过的
有着狭小的肩膀的女子。
就是用这肩膀，我们和男子一块儿
担负起人类的未来。

男子所能走到的地方我们也要走去，
男子所能做的事情我们都要参与——

所有的男子

我们非常欢喜！

所有的女子

而且我们要和男同志竞赛：
我们要把任何工作都做得最好，
不管它多么困难，多么细小。

我们也曾用锄头开过荒地，
我们也曾用镰刀割过谷子，
我们还坐在缝纫机前，
制出军服和衬衣。

所有的男子

我们非常欢喜！
我们欢迎人类的一半的觉醒。

所有的人

我们庆祝着我们的快活，
也庆祝着明天呵
快向我们走近！
我们是这样快活，
我们是一堆红红的火！

我们在土山上开出窑洞。
我们在河水里洗我们的衣服和身体。
我们在冬天到来以前
上山去砍树子来烧木炭。
我们用自己的手来克服一切困难。
我们并不说小米是最好的粮食，
但当更多的人饿着肚子，
吞食着同样的粗粝的东西，
每个中国人应该只取这样贫苦的一份。

我们并不掩饰我们的贫苦，
但在它的面前没有一个人垂头丧气，

反而像粗石
它磨得我们更锋利。

我们知道在未来，
家庭和学校，友谊和爱情
将对青年男女带着更甜蜜的笑貌，
给他们更温柔的拥抱，
但我们光明磊落地
放弃了更多的享受，更多的游戏，
我们知道是谁剥夺了那些我们应该有的。

第一个男子

但是我们什么也没有丧失，
我们不应该叫那些本来没有的为放弃。

比如我，我从前是一个烧饼铺里的孩子，
我的哥哥是一个跑堂的，
我很小就打柴来帮助家里。

第二个男子

我八岁就给人家放牛，
成天吃着莜麦糊和荞麦花子糊。
我的母亲为着买一条裤子，

卖去了我的一个兄弟。
我因为摔死了一条小牛，
又被扣去一年的工资。

第一个女子

我的童年度过在工厂里。
我的童年和那些棉花包子一起卖了出去。
我现在记起那飞满了棉花和尘土的空气，
就似乎不能够好好地呼吸。

第二个女子

我是一个孤儿，
十年前一个可怕的日子，
我的家被围住了，
就在我们那石板铺地的院子里
把我的父亲绑住，枪杀。
我的哥哥躲在屋檐下的匾额里面，
他们没有发现
我看着他们到外面搜查。
我不自主地望了那匾额一眼。
我颤抖了一下。
因为我看见从那上面正掉着尘土。
我的哥哥就因此也被捉住。

第三个男子

是呵，你们什么也没有丧失，
什么也没有放弃。
由于参加了革命的队伍，
你们反而得到了教育，得到了爱护！
就是我，我这个小地主的儿子，
不愁穿，不愁吃，
用家里的钱进学校。
只因为我是一个叛逆者，
如同那叛逆的莱谟斯
蔑视他哥哥建筑成的庄严的罗马，
我不能从那
旧世界的秩序
看见一点儿幸福，一点儿意义。
我想不起我曾经有过什么快乐的日子。

我想不起我丧失了什么，
我有什么可以放弃，
除了那些冷冰冰的书籍，
那些沉重的阴暗的记忆，
那种孤独和寂寞，
那种悲观的倾向和绝望。

所有的人

是呵，我们什么也没有丧失，
什么也没有放弃，
除了那沉重的阴暗的过去，
除了奴隶的身份和名义！

第四个男子

我不说我的过去，
我已经把它完全忘记。
我们活着是为了现在，
或者再加上未来。
所以我只说
我现在是一个真正的浪漫派。

我最讨厌十九世纪的荒唐的梦。
我最讨厌对于海和月亮和天空的歌颂。

比较海，我宁肯爱陆地，
比较月亮，我宁肯爱太阳，
比较天空，我宁肯爱有尘土的地上，
因为海是那样寂寞，那样单调，
月亮是那样寒冷，
天空是那样远，望得我的颈子发酸，

而且因为我是一个真正的浪漫派，

我能够从我们穿了两个冬季的棉军服，

从泥土，

从山谷闻的黄色的牛群和白色的羊群，

从我们这儿的民主与和平，

从我们的日常生活，

从我们起了茧的手与冻裂了的脚，

看出更美丽的美丽，

更有诗意的诗意。

一部分人

停止，我们的丑角！

停止，我们的滑稽的同志！

比较浪漫主义者，

我们有更好的称呼，更正确的名字。

我们是科学理论的信徒。

我们是"我们这时代的智慧，良心和荣誉"。

另一部分人

不过他也说得有一些道理，

而且他说得那么快活！

所有的人

我们庆祝着我们的快活，
也庆祝着过去的阴影
离开了我们。
我们发出光辉，照耀自己，也照耀别人，
我们是一堆红色的火！

第三个女子

但是，我说，我不应该太快乐，
因为战争还在进行，
敌人还在我们的土地上，
散播着死亡和灾祸！

而且大部分世界还是被黑暗所统治，
大部分底人还戴着枷锁，
我们不应该唱太早的凯歌。

第四个女子

是呵，我在最欢乐的时候，
总是记起了我的只有一只腿的哥哥，
记起了他告诉我
他在战场上发现自己受了重伤，

几乎用驳壳枪打死了自己，
假若不是血流得太多，
两手没有力气拉开那武器。

我在最欢乐的时候
总是记起了他走路时放在胁下的两只木脚。

第五个女子

我有一个弟弟，一个才十九岁的孩子，
昨天从河防带伤回来，躺在医院里，
医生说恐怕难医治，
因为一颗子弹穿进了他的肺里。

送葬的行列。覆着旗帜的尸体。
人们沉默地抬着它走近火光前。

第五个女子

呵，这就是我的弟弟！

所有其他的人

呵，这就是我们的小兄弟？
我们还不知道我们谈说着他的时候，

他已经死去!

第五个男子

我们还不知道我们谈说着他的时候,
就在这一刹那,
有多少和他一样年轻的弟兄
在战场上死亡,受伤,
或者在监狱里受着拷打!

为什么在旧世界溃灭的时候
一定要有这样多的牺牲者?
一定要有这样多的血?

所有其他的人

这诚然很可悲伤!
有许多人还是如此愚昧,
有许多人还是两只脚的兽类!
但伟大的科学家已经告诉我们,
这是历史的规律,
这已是接近最后和平的战争。

这诚然很可悲伤!
我们要为这位小兄弟哭一会儿,

把它当作所有牺牲者的代表，
然后擦干眼泪，
用低低的歌声送他去安睡！

所有的人

我的小兄弟，
我们在为你哭泣，
在悲伤你死得太早，
你闭上的眼睛
再也不能睁开来
看见我们的明天的美丽。
你活着的时候，
是不是很快乐？
是不是大声地笑过
或者唱过很多的歌？

我们的眼泪
擦干了而又流了出来，
我们知道
一个人的死亡
并不是太细小的事。

但是，在我们看来，
死亡并不是一个悲剧。

尤其是为了生存的死亡，
为了明天的死亡，
更是无可迟疑而且合理。
花落是为了结果实。
母亲的痛苦是为了婴儿。

整个人类像一个巨人，
长长的历史是他的传记，
他在向前走着
翻过了无数的高山，
跨过了无数的旷野，
走向一个乐园。
我们个人
不过是他的很小的肢体，
他的细胞，
在他整个身体上
并不算太重要。

但是，我们的小兄弟，
你是不是觉得我们说得有理智？
是不是觉得我们说得冷冰冰地，
像大自然的口气？
不，我们是你一样的人，
我们的脉搏在跳着，
我们的血在流动，

我们和你一样
愿意为着明天
献上我们的生命。

我们的眼泪
擦干了而又流出来了，
我们知道
一个人的死亡
并不是太细小的事。

但是让我们用歌声覆着你，
使你安睡！
你已经完成了你的任务，
你没有什么悔恨！

平安归于你，
荣誉归于你！
在未来的社会里，
当那些比我们更快活的儿女
在最欢乐的时候
记起了为他们死去的先驱者，
在那灿烂的思想的光辉里
有着你的一个位置！

钉棺材的声音。筑坟的声音。
天色渐渐地发白。

第五个女子

我的歌唱得最低最低，
因为我不是用声音而是用眼泪，

因为他不但是我的同志，
而且是我的弟弟，
因为我和他一起度过了贫苦的童年，
一起在田野间游戏，
一起看着我们的可怜的母亲害病死去，
因为自从革命把我们这一对孩子
从农村带到了它的队伍里，
我们很少在一起，
我很少对他尽过姐姐的责任。

所有其他的人

他是在众多的同志间长成，
我们相信一个集体的爱护，
更大于一个母亲，一个姊妹！

第五个女子

但是我还在迟疑
我们是不是可以说我们是快乐的，

我们是只应该默默地工作

还是也可以唱着歌？

所有其他的人

我们还是应该说我们是快乐的，

虽说我们的快乐里带着眼泪，

而且有时候我们分不清哪样更多！

因为痛苦虽多，终将消失，

黑夜虽长，终将被白天代替，

死亡虽可怕，终将掩不住新生的婴儿的美丽，

旧世界虽还有势力，终将崩溃，

战争虽残酷，这已经是最大的接近最后的一次！

第五个女子

那么让我的歌声

还是投入你们的巨大的合唱里，

在那里面谁也听不出

我的颤抖，我的悲伤，

而且慢慢地我也将唱得更高更雄壮！

所有的人

我们将唱得更高更雄壮，

而且唱得那样谐和，

就像从一个人的胸膛飞出米一样，

我们歌唱，

我们尽情地歌唱，

一直到我们唱完了

这个准备完全献给欢乐与游戏的晚上！

我们歌唱由于有了一阵争论，

我们达到了更坚强的一致，

由于有了一阵悲伤，

我们达到了更深沉的欢快！

我们歌唱我们在今夜经历了更多的欢乐。

仿佛我们突然长大了许多，

像一树果子突然成熟于一个晚上！

我们歌唱黎明已经到来，

我们欢迎它，

如同伸到天空中去欢迎阳光的山峰！

我们因为看见它而颤抖，

如同带着眼泪一样的露水的草木

颤抖于带走了最后的一阵寒冷的晨风！

春呵，就在那边，

就在那山顶上，

已经出现了阳光!

欢迎,我们的太阳!
我们像已经好久好久没有看见你一样!

欢迎,我们的太阳!
我们的光辉
将投入你的更大的光辉里,
得到更大的快乐,
得到更大的谐和,
我们这一堆红色的火!

在他们的剧烈的急速的跳舞中阳光出现。

1940 年

解释自己

一

清晨。阳光。
河水哗啦哗啦地响。
我走在大路上。
没有行人。
没有奔驰的马。
尘土静静地，没有飞扬。

我忽然想在这露天下
解释我自己，
如同想脱掉我所有的衣服，
露出我赤裸裸的身体。

二

我曾经是一个个人主义者。

世界上有着各种各样的个人主义，
正如人有着各种各样的鼻子。

我不会用一个简单的形容词
来描写我过去的个人主义，
我只能从反面说，
我不能接受浪漫主义，
也不能接受尼采，
也不能接受沙宁。

我喜欢沙宁不耐烦读完
《萨拉图斯察如是说》，
读了几页就把它扔到屋角去，
但当他到乡下去和妇女调情，
喝着麦酒，
伏地作马鸣，
我突然憎恶这个自以为了不起的人。

因为我是一个中国人，
一个可怜的中国人，
我不能堕落到荒淫。

我犯的罪是弱小者容易犯的罪，
我孤独，
我怯懦，

我对人淡漠。

我曾经在晚上躺在床上想，
我会不会消极到这样：
我明知有一个人在隔壁屋子里自杀，
我明知还可以救他，
却由于对人淡漠，
由于懒惰，
由于不想离开暖和的被窝，
我竟不管他，继续睡我的觉，
而且睡得很好。

有一个时候我常常想着这个幻想中的事情，
仿佛我真曾经这样做过。

三

把我个人的历史
和中国革命的历史
对照起来，
我的确是非常落后的。

中国第一次大革命的时候，
我才离开私塾到中学去，
革命没有找到我，

我也没有找到革命。

内战的时候，
我完全站在旁边。

一直到西安事变发生，
我还在写着：
"用带血的手所建筑成的乐园
我是不是愿意进去？"
虽说我接着又反问了自己一句：
"而不带血的手又是不是能建筑成任何东西？"

但是，难道从我身上
就看不见中国吗？
难道从我的落后
就看不见中国的落后吗？

难道我个人的历史
不是也证明了旧社会的不合理，
证明了革命的必然吗？

难道我不是
一个活生生的具体的中国人的例子？

四

呵，我的父亲，你为什么那样容易发脾气？
你为什么那样爱惜钱，
因为母亲事先没有得到你的同意，
用几十块钱在县城里买了一些东西，
你就骂她，和她吵架，使她哭泣，
而且撕破了她买回来的布，
摔破了她买回来的镜子？
我知道你有很多很多的钱，
你在柜子里放着很多很多的银子。

呵，我的祖父，你为什么要把我关在私塾里，
强迫我读那些古老的书籍？
你这个固执的人，
你竟坚信民国将被推翻，
新的皇帝将要出来，
不久就将要恢复科举！

呵，那难道就是我吗，
那个发育得不好的小孩子？
那个戴着小瓜皮帽，
穿着总是不合身的衣服的？
那个清早起来就跑到箭楼里去
背昨夜读的古文，唐诗，

然后又读一段礼记,写字,做文章,做试帖诗,

一直到静静的阳光的影子爬过城墙去,

一直到黄昏时候才可以歇一口气,

坐在寨门口望着远远的山,

望着天空的蝙蝠飞,

像望着灰色的空虚的老头子的?

五

呵,那难道就是我吗,

那个初中二年级的孩子,

和一些大胆的同学坐木船走九百里的水路,

在阴恶的波涛里,

在船身倾侧,快要翻进水里去的时候,

所有的人都恐惧地躺在舱里,

脸色苍白,停止了呼吸,

他却静静地抬起头来

望着那野兽一样怒吼着的河水,

仿佛他那样年幼就已经对于生和死无所选择?

那个十八岁的高中学生,

常常独自跑到黑夜的草地上去坐着,

什么也不想地坐很久很久,

仿佛就仅仅为了让那黑暗,那寒冷

来压抑那不可抵抗的寂寞的感觉,
一直到脑子昏眩起来,
俯身到石头上去冰他的头额?

或者在大雨天
独自跑到江边去
走着,走着,
像一匹疯了的马,
一直到雨淋透了他所有的衣服?

或者在漆黑的晚上,
独自跑到很远很远的堤岸上去,
望着水中的灯塔的一点光亮,
听着潮水单调地打着堤岸响,
然后突然感到了恐怖,
像被什么追逐着似的,
很快地跑回学校,
一直跑到学校旁边的小书店里,
从那耀眼的电灯,
从那玻璃柜里的书籍,
从那打招呼的伙计,
才感到了他还是活着,
才感到了一点活着的欢喜?

六

啊，什么时候我才能够
写出一个庞大的诗篇，
可以给它取个名字叫"中国"？

或者什么时候我才能够
写出一个长长的诗篇，
可以给它取个名字叫"我"？

我的国家呵，
你是这样广大，
这样复杂，
这样阴惨惨，
这样野蛮，
这样萎缩而又这样有力量，
这样麻木而又这样有希望，
这样虐待你的儿女，
而又锤炼着他们，
使他们长得更强壮！

每一个中国人所看见的中国，
每一个中国人的历史，
都证明着这样一个真理：
革命必然地要到来，

而且必然地要胜利!

我谈说着我

并不是因为他是我自己,

而是因为他是一个中国人,

一个可怜的中国人,

而且我知道他最多,

我能够说得比较动人。

我并不把"我"大写

像基督教大写着"神"。

我只是把他当作一个具体的例子,

一个形象,

通过它

我控诉,

我哭泣,

我诅咒,

我反抗,

我攻击,

我辩护着新的东西,

新的阶级!

七

是的,你们参加革命比我早得多的同志,

或者你们岁数比我小得多的同志，

你们可以笑我的道路太曲折，太特殊。

不用经过统计，

我知道我这样的人并不太多。

但中国这样广大，

这样复杂，

假若我真是太特殊，

那才真是太古怪，不可解释。

说吧，你们继续说下去。

我准备完全同意，

你们的结论，

说我到底是怎样一个人！

1940 年

叫　喊

一

叫啊，喊啦！

你们在河边
拉着载满了货物的木船
走上险恶的滩的人
叫啊，喊啦！

你们抬着石头
爬上高山
去建筑屋子的人，
叫啊，喊啦！

你们码头上的苦力，
叫啊，喊啦！

你们在战场上，
在倒下的尸首的旁边，
向敌人进攻的兵士，
叫啊，喊啦！

你们在阳光下流着汗水的，
你们用自己的手争取生存的，
你们受了打击而不垂头丧气的，
你们遭遇了困难而不放弃斗争的，
你们担负着沉重的担子的，
我在和你们一起叫喊！

二

我听见了从各种各样的人发出的叫喊的声音。
我听见了从各个地方发出的叫喊的声音。
我甚至于听见了从各个时代发出的叫喊的声音：
孤独地绝望地喊着"光！"
软弱地忧郁地喊着"明天！"
空洞地喊着"来呵，来到大路上！"
或者"走呵，走到辽远的地方！"

而我们却喊着：
"同志们，前进！"
我听见了我们的队伍的整齐的步伐，

我听见了我们的军号的声音。

我们是幸福的。

我们知道我们要去的是什么地方。

我们知道那里是什么状况。

那里没有饥饿的人，

没有受冻的人，

没有卖淫的妇女，

也没有做牛马的男子。

那里失掉了家的人将重又得到他的家！

失掉了爱情的人将重又得到爱情，

失掉了健康的人将重又强壮，

失掉了青春的人将重又年轻。

那里我们愿意把世界变成怎样美好，

就可以使它变成怎样美好

再也没有人阻拦。

那里离我们并不太辽远，

虽说走到那里去还要经过很多很多的困难。

而我呵，我这并不是预言！

我不是先知，

也不是圣者，

我只是忠实的真理翻译者，
我只是忠实地说出我所知道的，
我所相信的事情。

三

我在为着未来而叫喊，
也为着现在。
为我们的信心，
也为着我们要通过的困难。

你穿着光滑的丝织品的衣服的人，
你因为喝多了牛奶而消化不良的人，
你喜欢在阴影里行走的人，
你只愿听溪水和秋天的虫子的声音的人，
对不起，
我打扰了你的和平！
我的叫喊并不是为着你们。

对我的兄弟们
我要用我的叫喊证明：
我既有着温柔的心，
又有着粗暴的声音。

我要证明

唯有有力量的才能叫喊得很洪亮，

唯有真理才能叫喊得

简单，明白而且动人。

我要证明

一个今天的艺术工作者，

必须站在群众的行列里，

与他们一同前进。

我还要证明

我是一个忙碌的

一天开几个会的

热心的事务工作者，

也同时是一个诗人。

1940 年

《北中国在燃烧》断片（一）

一 岚县城

听呵，我们的土地在怒鸣！
我们的土地在颤抖着，而且发出吼声，
如同受着一阵沉重的打击，
一面大鼓发出它的号召，
号召我们去迎接战争。
今天，来到这里一个礼拜后，
我第一次听见了战争的声音。
今天，当我们和司令员正用着早餐，
吃着青色的菠菜，
军号像受了惊似的叫了起来。
而现在，司令员正站在城墙上，
叫他的警卫员找一个隐身的地方，
准备用照相匣子给日本飞机照相。
但天空里一直没有它们的影子出现：

"他妈的，日本飞机瞎了眼睛，
找错了岚县城！"

街上恢复了寂静。
街上是空空的而且寂静。
在这冬天，
在这出产着油麦和山药蛋的西北高原，
没有风，没有雪的日子似乎更加寒冷，
一滴水落到地下马上就结成了冰。
但我却感到温暖，政治部的同志。
从你的叙述我看见了
你们未来以前
古老的山西的无力和疯瘫，
而且当新的血液流动在它的脉搏间，
八路军的兵士在前线夺回了许多县城，
你们到乡村里去
说服了，遣散了遍地的溃兵，
它开始回复到健康和年轻。

而你，动员委员会的同志，
我在听着你讲这里过去的风习。你讲下去。
你说农民们信奉着白龙爷，
六七月间去进香还愿。
进香人牵一条羊跪在神像前，
用山上的井水灌进它的耳朵里面：

它摇动了头便是神已接受，
它不摇头便得还跪下去，
而且祈求："白龙爷，你嫌我的羊瘦？"
被神接受后的羊的角上
用烧红的铁筷子烙一个记号，
然后被庙主牵去换成钞票……
我并没有笑。
我一直听到你说你们要劝那庙主
用那卖羊的钱来办农民合作社。
我记起了昨天那个工人代表大会，
那些石匠、木匠、泥水匠
是怎样谈说着，要求着光明和智慧……

二　轰　炸

停住！不要跑！

我已经停住。我已经找着了一个洞
来躲避已经来到头上的风暴。
当马达的轰鸣像遮蔽了天空的浓云，
当狂乱的脚步响在街上像雨点，
我带上了门，我按上了锁，
我沿着屋檐边
跑到城墙脚下的防空洞里面。

不要挤，炸弹已经落下了地。
我们的洞随着颤抖，
我们的心随着沉落了下去而又浮起。

不要出去！可不是该死的日本飞机
飞走了一会儿又飞回来炸第二次。
轰炸声离我们更近了。
一面黑色的网落在我们的身旁，
我们被惊于它的沉重的影子。
"一定炸了街头的福音堂或者鼓楼！"
"天呀，我们的司号员在鼓楼上！"

但经过了一阵长长的静寂的时间，
军号像一只鸟一样快活地叫了起来。
我走到洞外。我拾着了一块破片。
我抚摸它。我想着苏格拉底的头脑
也不能抵御这一小片铁或者一粒子弹。
我随着人群流到街上，
像从刚靠了岸的汽船
或者刚进了车站的火车
走下来，因为踏上了平稳的土地
反而感到昏眩。
我走进我的屋子。
窗子上的玻璃破碎了，掉在书桌上，
而那些新盛上泥土的餐具

唤醒了我对于时间的记忆：
又是早晨。又是正用着早餐。

我看见了一个尸体。
它伏卧着
像一些破布、棉花和血的堆积。
但是它还在动着，
它还在用两个手肘撑着地，
仿佛想用那两只完全断了的腿站起。

一个白发的老人在哭他的母亲。
她太年老了。她又害着病。她没有逃避。
而现在她完全被倒塌的墙埋葬了，
外面只剩下一片衣衫，一片血迹。

供给部的一匹毛驴
像被谁挖去了它的脏腑。
在远远的另一条街上
它的一只蹄子仰翻着，
铁掌上发出惨淡的青色的光。

一只乌鸦死在屋檐下。

停止！停止我们的巡行！
在前面，我们年轻的司号员来了，

让我们向他致敬。
当炸弹落在鼓楼旁边的教堂内，
当他和死亡那样邻近，
他没有想到离开他的岗位。
而且在那边，那个政治部的小勤务员
刚才抓住了一个站在城墙上
用白手巾打信号的汉奸。
和他走在一起的
那个老百姓家里的小孩子
也没有让另一个坏蛋逃走，
虽说当他被追急了的时候
他扔了一个没有爆炸的手榴弹。

三　进　军

夕阳的黄色淡了下去。
山沟里浮起了夜的影子。
沿着没有泥土和草木的发褐的岩石，
临时军用电话线牵过去，而且蜿蜒着
我们长长的单行的队伍。
我们脚步跟着脚步，马跟着马，
如同爬行着的蛇的肚腹
望不见自己的头，也望不见尾巴。
我们已经行军几天。通过了平原和高山，
通过了寒冷、饥渴和疲倦，

我们用脚量着祖国的土地：
即使是寂寞的土地，荒芜的土地，
到底是我们自己的土地呵！我们爱它！
我们要在它上面建立新的伊甸，
使沙漠变为绿野，乡村变为城市，
白天响着摩托的鼓翅声，
晚上在有繁星的天空下亮着电灯……
是的，你们经过长征的同志，
这要经过很长很长的斗争，
更长于你们走过了的二万五千里。
然而我们要走下去，走下去，
如我们开玩笑的时候所说的，
"天下不好走的路都归我们来走。"
而你们不久以前才告别了锄头的
新战士，你们也一定了解
建筑黄金的未来的第一块基石
是把日本帝国主义打出去，
而且在今天，
每个中国人都应该分担一份苦难……

混合着我的纷乱的思绪，雪在飘落。
雪在无边无际地而又争着抢着地
飘落，没有一点声息。
这是我记忆里的进军的第一天。
当出发的命令把我叫起来，

点着灯用了早餐，收拾了行李，
我到城外的集合场上去：
剧团和警卫营在互相欢迎着唱歌，
如同欢迎着早晨，
马伸着颈子，迎风长鸣，
如同欢喜它们的蹄子
将跑过无数的田野和树林。
当长长的队伍开始流动，
它本身就是一个吸引我的力量，
拉着我快活地而又兴奋地
跟着它，穿过无边无际的雪，
穿过辽阔的原野，
而且听着爬过雪山的人谈说雪山，
来自绥远的人谈说绥远，
我仿佛看见了那没有人迹的高山，
狂风和它带着的万年雪
是怎样扑打他们的脸，
而且爬上了山顶，身体虚弱的同志
是怎样颤抖着，颤抖着，突然倒下死去，
又仿佛看见了那塞外的冬季，
大地龟裂，葡萄结冰，
旋雪飞舞时行人睁不开眼睛……
第二天，我们继续前进：
一夜的风带走了原野上的积雪，
带走得那样干净，

只有被自行车的轮子

和人的脚步压紧了的地方

留下白色的轨迹，白色的足印；

太阳发射着炫目的光辉

像一团金色的蜜蜂在嗡嗡飞鸣；

而在它们对面，衬着远远的黄土山，

天空是那样的蓝……

但现在没有雪，也没有太阳，

月亮如金色的号角悬挂在天上。

我们走过了岩边，又走到平地，

在月光照着的平地上跑着，

在有阴影遮蔽的洼地里休息。

再一气跑十里，二十里。

我们严格地遵守着夜行军的纪律，

不说话，不咳嗽，不抽烟，

而且注意着侦查连预先插在岔路上的

小白旗，小黑旗，防止走错路。

"向后传，不要掉队！"

"向后传，不要掉队！"

命令从前面传来，每个人回转头

用同样的低声传到后面，

如同经过一个金属的传声器，

声音颤抖着而且很快地传过去。

在几里路以外，和我们平行地流着的，

左边是我们的一个团，右边是一个支队

我们中央梯队的大部分非战斗人员，

医务所的驮子上带着药品，

剧团的驮子上带着道具，

和带着步枪和手榴弹的战士们

一同去通过封锁线。

我们疾行着，穿过一条宽阔的

两旁种着稀疏的树的汽车路，

又跨过同蒲路的窄轨，

如同夜风吹过枯草。

和着远远的村子里的狗叫，

敌人在用大炮驱逐

黑夜带给他们的恐惧。

我们放哨的战士坐在铁轨上，

要等整个队伍过完后才撤退。

下半夜了。号角似的月亮已经落下。

北斗星更明亮地翘着它的尾巴。

寒冷刺痛着我的鼻子，我的脸，

而且一夜没有得床铺的睡眠

使我时而合上眼，又时而惊醒。

然而我们继续前进，

一直到朝阳把黄色的光

投射到原野上，而且照见了

我们羊皮大氅的翻领上结满了白霜。

四　滹沱河

滹沱河在大声地歌唱，

而且流向辽远的地方。

它歌唱着奔向自由的力量不可阻挡。

它歌唱着和古老的时间一起

流了无数年，它仍然年轻而且强壮。

它歌唱着农民们的汗水和嗟叹。

它歌唱着封建的黑暗已经裂开，

希望从里面愤怒地生长，

如同在它的两岸

树木生长着，受着它的灌溉。

我们翻过了太多太多的高山。

拉着马尾巴向上爬的小鬼们

把上坡路拉得像松紧带。

下坡路像一阵呼喊。

而且我们穿过了太多太多的村子，

男的女的快活地拥挤在街边，

指着我们俘虏来的高大的日本马，

笑着它们背上的麻做的伪装。

小孩子们因为从人丛中

露不出眼睛，预先爬上了屋顶。

而且我们喝了他们放在路旁的开水，

看见了他们随着口号

高举起来欢迎我们的手臂。

我们今天停下来休息，
在这河边，在这被烧过的村子里
（滹沱河呵，你也是当时的见证）。
失去了屋顶的黑色的墙壁
说着当时的火焰是怎样
吞卷了一些农民的家和粮食，
而且一个没有逃走的疯子是怎样
在街上被杀死。是的。我能够想象
当敌人用枪瞄准着他的身体，
他还是笑着，说着疯人的话语，
以为他们在和他嬉戏。
我走进灰烬旁边的区农会。
一个自耕农现在成了武装干事，
他对我说着一些数目字，
说这一区有多少乡农会，村农会，
会员，游击小组和新开垦的荒地，
像说着他家里有多少儿女。
而且他说得像一个政治家，
当屋里的人们在随便讲话：
"你们不要讲话。我在谈问题。"
最后他介绍他们的主任：
"他是一个无产阶级。"
听他自己说吧。他说得多么高兴。

从前他是一个雇农，

现在，当抗日的军队需要粮草，

他常常一夜不睡觉去动员。

赶毛驴出身的组织干事

也抢着说他对于工作的热心，

说他离家时这样嘱咐孩子们：

"你们有好吃好，有歹吃歹，

我忙我的工作。工作要紧。"

向他们说了再见，我走了出来。

我在思索着人的觉醒，人的改变。

我在思索着有多少和他们同样的农民

经过了实际斗争的锻炼，开始认识了

他们自己的存在的重要和世界。

1940 年

夜 歌 (一)

一

你呵，你又从梦中醒来，
又将睁着眼睛到天亮，
又将想起你过去的日子，
滴几点眼泪到枕头上。
轻微地哭泣一会儿
也没有什么，也并不是罪过，
因为眼泪也有着许多种类：
有时为了快乐，
有时为了悲伤，
有时为了温柔的感觉，
有时为了崇高的思想，
有时在不会唱歌的人
就像歌声从他的胸膛飞出，
带走了小小的忧郁，小小的感伤。

二

但你这个年轻的孩子，
你说你在人间的宠爱中长大，
你又有什么说不出理由的理由
有时也不能好好地睡？
你说你是一团火，
那你就快活地燃烧吧。
你说知道自己聪明便多痛苦，
知道自己美丽便多悲哀，
不，聪明的人不应该停止在痛苦里，
美丽的人不应该只想到自己美丽。

三

我们不应该再感到寂寞。
从寒冷的地方到热带
都有着和我们同样的园丁
在改造人类的花园：
我们要改变自然的季节，
要使一切生活都更美丽，
要使地上的泥土
也放出温暖，放出香气。
你呵，你刚走到我们的队伍里来的伙伴，
不要说你活着是为了担负不幸。

我们活着是为了使人类
和我们自己都得到幸福。
假若人间还没有它，
让我们自己来制造。

四

不要说你相信人类有着美好的将来，
但你自己是一个例外。
当大家都笑着的时候，
难道你不感到同样的愉快？
当下一代的男女孩子们
在阳光下游戏，
在好的季节里恋爱，
难道你会忌妒？
不，在明天我们有我们的幸福，
在今天我们有我们的任务。

五

那么你就再睡去吧。
夜晚的寂静和漫长
不是为了让我们思想
而是为了让我们休息，
让我们有足够的欢喜和精力

来迎接一个新的早晨，

而且在工作的困难中

也带着歌唱的心境和祝福。

那么你就再睡去吧，

你就轻轻地合上你的眼皮。

1940 年

夜　歌（三）

我的兄弟，你为什么哭泣？
你说你哭泣着为什么生活如此不美丽。

你说你看见了
当月亮滑进了乌云里，
当夜风使一丛多刺的蔷薇战栗，
一对分别不久的爱人
在他们第一次接吻的地方相见，
代替了盟誓和谈说梦想和沉醉，
互相拷问着，供认着彼此的不忠实？

你说你看见了
在一个农村的家庭里，
在蜘蛛网和麻油灯之间，
在婚宴后，
因为一点点不如意，

丈夫开始吼骂着，打着他的新妇？

你说你看见了
一个寄养在亲戚家的
五岁的孤儿
在阳光照着的道路上
跑着，跑着，又突然停止，
突然嘴唇颤抖起来，
流出了眼泪？

是的，生活是并不美丽，并不美丽。

你说你又要提起那个小故事了，
你已经说过了好几次了，
一个燕子为着每夜从神像上，
窃取一些宝石去送给贫穷的人们，
很多很多的贫穷的人们，
一直到冬天来了还不飞回南方，
一直到自己冻死。

你说为什么我们不能够生活在童话里？
为什么只有在书本上才容易找到
像珍珠一样射着温柔的光辉的故事？

你说你又要提起你过去的思想了，

那的确是太陈旧的思想了，

你感到我们人

还不如植物、动物生活得快活而且合群

草木是那样和谐地过活着它们的一生，

或长或短的一生，

而且传延着种族，

繁荣着大地，

而野兽，

就是在最饥饿的时候吧，

也不扑杀着，撕裂着，吞食着它的同类，

更不会在互相残杀的前一秒钟

还装着笑脸，

说着悦耳的话句。

你说你知道

你看见的还太少，还太细小，

还有着更多的不美丽，更大的不美丽！

是的，还有着更多的不美丽，更大的不美丽！

正因为如此，我们才走到了革命的队伍里。

你说，

你也说到革命了，

你说你知道革命不是用肥皂洗得香喷喷的

而且戴着白手套的手干的事，

我们的手带着泥土

而且筋肉凸起，

而且甚至于不怕沾染上污秽，

然而你有着一颗幼小者的心，

那样容易颤悸？

你说你知道你应该想着另外的故事，

比如取火者的故事，

那个神的反抗者被铁链锁在荒山顶上，

每天被猛鸷啄食他的肝叶，

被啄食了而又重新生长起来的肝叶。

而且人类的历史上不只是有一个取火者，

而且现代的取火者不复是孤独的，

有着无数的伙伴，

也就有着无数的故事！

你说你也看见了——

通过了黑暗的光明，

通过了痛苦的快乐，

通过了死亡的新生，

通过了丑恶的美丽。

而且它们并不怎样辽远，

并不是一些影子，

因为你不但看见了，

而且还从它们呼吸，

如同从天空，

从旷野，
从清晨的空气？

那么你还要说什么呢，
我的兄弟？

那么你还要哭什么呢，你这个傻孩子？
你说你哭泣着你自己的软弱，自己的愚昧？
用手指擦干你的眼泪，
让我们来谈着光明的故事，
快乐的故事！

1940 年

夜 歌（七）

一

"生命的小船碰上了
生活中的礁石……"

呵，你们死者！

你发狂而死的死者！
你像夜莺一样唱得吐血而死的死者！
你驾一只船到海上去
就再也不回来的浪漫派！
你像中国农村里的小媳妇一样
用带子吊死的厌世家！
你从革命的队伍里开了小差
却首先用一颗子弹
惩罚你自己的逃兵！

呵，我最悲痛

你们用自己的手

割断了生命的人！

不只是你们呵我想，

在最痛苦的时候

想象用手枪对准他们太阳穴，

在最疲乏的时候，

希望闭眼睛就再也不睁开，

在斗争最剧烈的时候

动摇过，打算从人生里开一次小差！

你们

有冷静地研究哪种死法最不痛苦的，

有嘲笑了别人的自杀而后来自己也自杀的。

啊，生活是平凡的。

而又充满了残酷的。

但最勇敢的

还是战斗着活了下来，

或者战斗着死在敌人手里！

二

死呢还是活，

这已经绝对不成问题。

问题在怎样地活，

轰轰烈烈地活，

打得头破血流地活，

大声笑着，大声哭着地活，

拥抱呀，亲吻呀地活，

一天开几个会

而且每个会上都热烈地发言地活，

还是平凡地活，

埋头苦干地活

一丝一毫也不放松地

科学地活

冷静地活。

呵，生活是平凡的

而且充满了矛盾的。

多少勇往直前的船

在日常生活沙滩上搁了浅，

但是，最正确地活着的

应该最热情也最理智，

最勇敢也最机警，

最傻也最聪明，

在平常的生活里也斗争着，

在斗争最尖锐的时候也从容而镇定。

三

堂堂正正地做一个人，
好好地过日子，
而且拼命地做事情。
我们谁也还不晚！
一切为了我们的巨大的工作，
一切为了我们的大我。
让群众的欲望变为我的欲望，
让群众的力量生长在我身上。

撒下去的种子总要长起来呵，
不管去收获的是你还是我。

看那些先驱者在前仆后继，
赶上前去！
看那些好兄弟多么忠实，
向他们学习！
不管他是饲养员，炊事员，
他是工作得多么坚定，多么快乐！
他们并不思索死与活，
然而他们最知道活着是为了什么！

约 1940 年与 1941 年之间

黎　明

山谷中有雾。草上有露。
黎明开放着像花朵。
工人们打石头的声音
是如此打动了我的心,
我说,劳作的最好的象征是建筑:
我们在地上看见了房屋,
我们可以搬进去居住。
呵,你们打石头的,砍树的,筑墙的,盖屋顶的,
我的心和你们的心是如此密切地相通,
我们像是在为着同一的建筑出力气的弟兄。
我无声地写出这个短歌献给你们,
献给所有一醒来就离开床,
一起来就开始劳作的人,
献给我们的被号声叫起来早操的兵士,
我们的被钟声叫起来自习的学生,
我们的被鸡声叫到地里去的农夫。

1941 年

河

我散步时的伴侣，我的河，
你在歌唱着什么？
我这是多么无意识的话呵。
但是我知道没有水的地方就是沙漠。
你从我们居住的小市镇流过。
我们在你的水里洗衣服，洗脚。
我们在沉默的群山中间听着你
像听着大地的脉搏。
我爱人的歌，也爱自然的歌，
我知道没有声音的地方就是寂寞。

1941 年

郿鄠戏

你呜呜地唱了起来的
对面山上的郿鄠戏，
你笛子，你胡琴，
你敲打着的拍板，
你间或又响一下的锣声，
你的节奏是那样简单，那样短促，
你呜呜地唱着
像哭泣，
从你我听出了陕北的过去的人民的生活，
我听出了古代的秦国的贫苦，
我听出了唐朝的边塞的战争，
我听出了干旱，
我听出了没有树林的山，
我听出了破烂的窑洞和难吃的小米饭，
我听出了女孩子卖钱，男孩子没有裤子穿，
我听出了地主们驱使着农民

像蒙了眼睛的毛驴一辈子绕着磨子转……
但是你停止了，
我叹了一口气，
我像从一个沉重的梦里醒了过来，
灿烂的阳光在我的窑洞的门外。

1941 年

生活是多么广阔

生活是多么广阔，
生活是海洋。
凡是有生活的地方就有快乐和宝藏。

去参加歌咏队，去演戏，
去建设铁路，去做飞行师，
去坐在实验室里，去写诗，
去高山上滑雪，去驾一只船颠簸在波涛上，
去北极探险，去热带搜集植物，
去带一个帐篷在星光下露宿。

去过极寻常的日子，
去在平凡的事物中睁大你的眼睛，
去以自己的火点燃旁人的火，
去以心发现心。

生活是多么广阔。

生活又多么芬芳。

凡是有生活的地方就有快乐和宝藏。

1941 年

我为少男少女们歌唱

我为少男少女们歌唱。
我歌唱早晨,
我歌唱希望,
我歌唱那些属于未来的事物,
我歌唱那些正在生长的力量。

我的歌呵,
你飞吧,
飞到年轻人的心中
去找你停留的地方。

所有使我像草一样颤抖过的
快乐或者好的思想,
都变成声音飞到四方八面去吧,
不管它像一阵微风
或者一片阳光。

轻轻地从我琴弦上

失掉了成年的忧伤，

我重新变得年轻了，

我的血流得很快

对于生活我又充满了梦想，充满了渴望。

1941 年

虽说我们不能飞

虽说我们不能飞，
我们有想象的翅膀。

人制造了航海的船。
人又制造了飞机。
而现在我们却要用它们去打仗。

让我们想象将来只用它们来游戏，
只用它们来旅行远地，
只让它们给我们带来久别的亲人，
给我们带来各地的物产，
给我们带来书籍和乐器。

1941 年

革命——向旧世界进军

一

革命——向旧世界进军！
向各个黑暗的角落进军！
向快要崩溃的阶级社会进军！
向绅士和流氓的联合统治进军！
向监狱进军！
向飞着炮弹的阵地进军！

有时为了必要，革命暗暗地在地下进军！
有时为了必要，革命光明磊落地进军！
有时革命向后退却一步，
为了向前十步地挺进！

同志们，
现在是什么时候呵？

战争与革命交错的时代！
欧罗巴，你资本主义的老巢，
你现在打得很好！
你现在打得很热闹！
在帝国主义者的火并里
革命的火焰将要燃烧起来，
把强盗们烧掉！

地球，你旋转得更快些！
更快些让我看见每天早晨的太阳！
更快些让我看见旧世界的死亡！

二

中国的革命，
亚细亚方式的革命，
今天呵我才第一次真正地
感到了它的长期性，残酷性！

今天呵我才第一次深深地
感到了我是一个中国人，
感到了做一个中国人的艰苦和不幸，
也感到了做一个中国人的勇敢和责任！

一九二七！灿烂的记忆！

轰轰烈烈的记忆！

你呵，你从那记忆里长大起来的同志，

你说着说着，你流出了眼泪。

你记起了你是一个打红领巾的少先队员，

你记起了那些活了的街道，

那些群众大会，

那些呼喊，

那些奔跑！

那些游行示威的工人群众！

那些农民暴动！

那些接着来的枪声，屠杀，镇压！

革命被包围了。

革命被袭击了。

多少尸首！

多少血！

多少被毁坏了的优秀的青年男女！

多少监狱！

三

你呵，你长期从事地下工作的同志，

你还记得你在监狱里的号数，

你还记得要弯下腰去才能看见一小块天空，

你还记得脚镣，手铐，橡皮鞭，

长期的饥饿，长期的失眠。

你还记得狗子们不断地盯梢

跟着你上电车，又跟着你走在人行道，

现在你还保持你在监狱里的习惯，

每天晚上只能睡三个钟头的觉。

而你，你从农民战争里长大起来的女同志，

你还记得你的哥哥被白色的军队捉住，

被绑在树上活活地烧死。

而你，你全家都参加了革命的老同志，

你一家十二口人都为革命牺牲了的老同志，

你的儿子们、孙子们死在战场上，

你的母亲、妻子、儿媳被反革命杀死。

你说起这些，

你并没有哭。

而是带着庄严的微笑。

是什么样的东西在支持着你们呵！

是什么样的东西使你们有那样坚强的信心，

那样勇敢地继续着那样残酷的斗争？

你身上带了十几处枪伤的，

你只剩下了一只胳臂的，

你三年没有吃过热饭，

三年没有脱过衣服睡觉的，
你在饥饿的时候
吃过煮的皮鞋底和野草的，
你在长征的时候生下了小孩
而又把他抛弃了的，
还有你们死于枪弹、炮弹和飞机的轰炸的，
你们死于饥饿、寒冷和疾病的，
你们死于爬山、渡河和过草地的，
你们为了争取中华民族的解放
而被活埋，被枪杀，被拷打而死的，
所有你们以你们的血肉之躯
为革命铺成一条大道的。

你们无数最好的人，
最好的中国人呵！

我听见了斯大林的钢铁的声音：
"共产党人是特种样式的人，
是用特殊的材料制成的！"

四

今日的中国是什么样的中国！
四分五裂的中国！
血淋淋的中国！

光明与黑暗交错着的中国！

被铁链捆绑着而又快要打破它的中国！

革命的武装活跃在各个地方，

在渤海边，在东北的森林里，在海南岛上，

而延安，革命的心脏，

我白天和晚上都听见它巨大的跳动！

虽说在我们的土地上

也有着日本人，

有着汪精卫，

有着乌烟瘴气的重庆，

虽然在重庆，一天饿死五千人，

而阔人们却喝着飞机从香港运来的自来水，

他们的狗吃着一百块钱一顿的大餐，

而且在外交宴会上

他们高呼着"大英帝国万岁！"

虽说那些囤积粮食的，

运私货的，

买外汇的，

不停地压榨人民，

在巴西买甘蔗田，

在瑞士造别墅，

在纽约的银行里存着长长的数字的款子的，

也是中国人，

他们到底是很少数的人，
快走进坟墓里去的人呵！

一切腐烂的东西都在死亡！
一切新生的东西都在成长！

腐烂的和新生的
已经清楚地分别开
像黑夜和白天！

全中国的兄弟们，
站到革命方面来！

五

革命——给我们把幸福带来！

让我们自由地呼吸，
让我们用歌唱来代替咒诅和哭泣，
让我们感到这样大的国家真正是我们的，
让我们真正能使用这样肥沃的土地，
让我们有足够的粮食，
让我们有穿不完的布匹！

我们知道自然能够供给我们所有需要的东西，
世界原来是如此美丽，
人与人间也能够建筑起一种亲爱的关系，
我们知道为什么我们现在如此贫苦，
为什么我们现在还没有和平和幸福！
我们什么都知道呵！

革命——进军！
我们紧紧地跟着你前进！

1941 年

给 L. I. 同志

你说
你总是感到生活里缺少一些东西。

我们在黄昏的路上走过来走过去。

是的，我们缺少糖，
缺少脂肪，
缺少鞋子，
缺少衬衣，
而且我们的生活要求着这些
并不是奢侈。

但是为了革命
很多同志比我们缺少更多的东西，
他们缺少休息，
缺少健康，

缺少睡眠，

甚至于缺少生命的安全。

是的，你并不是指这些物质的东西。

昨天我在野外，

河里的冰已经完全融解。

水流得那样快活。

空中的鸟也一边飞，一边叫。

大路上走着驮粮食的运输队。

有的牲口的颈子上挂着一个大铜铃。

它孤独地大声地响，

像在喊着："我发声，我摇动，我存在！"

有的牲口的颈子上挂着一串小铜铃，

它们和谐地清脆地响，

像在争着嚷："看我们这群小东西是多么愉快！"

搬家的老百姓

在毛驴上绑着铁锅和被窝卷，

在他们后面跟着两匹绵羊。

一切都在活动。

一切都在生长，

我却一个人在河边的石头上坐了一阵。

我也感到我似乎缺少一些什么。

今天你把这句话对我说了出来，

我只有把我对我自己说过的话再说一遍：

"缺少一些东西又算得什么呢，

为了革命

我们不是常常说着牺牲？"

我们在黄昏的路上走过来，走过去。

希望你接受我这一点很朴素的意思。

1941 年

给 G. L. 同志

我们睡在一个床上。
我感到我像回到了木板书里的古人的生活：
到远远的地方去拜访一个朋友，
而晚上就和他睡在一个床上。

已经吹灭了灯。
又没有月亮。
这是一个漆黑的农村的夜晚。

今天我在懒洋洋的天气里
爬了一座高山，走了二十里路。
你说你昨晚没有睡好，也有些疲倦。
但我们还是谈着，谈着，
谈了很多的话。

你说一切都好，

只是有时在工作的空隙中，

在不想做事情的时候，

有些感到空虚。

我说，

在这样的时候

你就用任何东西去填满它吧，

到老百姓家里去和他们谈问题，

打开书，

或者找一个同志去散步。

你说你们在乡下是那样缺乏娱乐和游戏，

有时用石头来当作铁球投掷。

我似乎看见了你们在田野间，

在夕阳下，

寂寞地挥手的姿势。

这些日子我又很容易感动。

世界上本来有很多平凡的然而动人的事。

我感到我们有这样多的好同志，

这样多的寂寞地工作着的同志，

就是为了这我也想流一会儿眼泪。

1941 年

让我们的呼喊更尖锐一些

一

大火，太大的水，
企图毁灭人类的火，
在半个地球上
升得更高了。

拉起警报来！
让我们的呼喊
像飞驶过街道和广场的救火车，
让我们的呼喊更尖锐一些！

起来！起来！
所有并不梦想逃避到火星上去的人！
今天我们是自己的民族的子孙，
也是全世界的公民，
今天轮到我们来为历史的正常前进而战斗了，

我们要以血去连接先驱者的血，
以战争去扑灭战争！

二

苏联的公民，
模范的世界公民，
你们已经动员起来了。

飞行员，炮手，坦克和潜水艇的驾驶者，
红色的步兵，红色的哥萨克骑兵，
你们在从天空，从陆地，从水上，从水下，
从一切敌人进攻的地方打击敌人。

无数的城市。无数的跳动的心。
工厂、作坊、机关在喧嚣着，举行集会。
基耶辅：多么动人的场面呵，
人民和军队自发地走在一起，举行联合的游
　　行示威，
学生，儿童，主妇，铁路上的职员，工人，
爬到车辆上去和炮手们拥抱，接吻。

更加活跃起来！更加顽强地斗争！
你最先开花的黑土，
你最先实现了人类的梦想的人民！

163

你们有着人类最响亮的名字，列宁，斯大林，

它们响着就像真理和信心！

没有人能够抢走你们的乌克兰，

没有人能够攻下你们的莫斯科，

没有人能够用枪支把地主、资本家重新抬上宝座！

三

但是你，欧罗巴，

难道你就屈膝于暴力之下？

难道你就沉默地看着你的人民

被法西斯军队拉去做建筑战车行驶的道路的
　机器，

做代替他们耕种土地的牛马？

欧罗巴的人民，

起来！起来！

首先恢复十四个独立的国家！

历史的列车正在开行，

没有人能使它停顿，

没有人能把它向后拉！

无论用怎样的军队，怎样的野心

都不能！不能！

再也不能有黑暗的中世纪！

再也不能有全欧罗巴的人民都变成奴隶

去侍候几个主人！

你们的饥饿，

你们的低声的耳语，

你们的地下组织和活动，

将要扩大起来，汇合起来，

成为一场扑灭大火的暴风雨！

雷呵，更响一些！

闪电呵，更亮一些！

罢工！暴动！从各个角落发动战争！

拿起一切可能拿到的武器打呵，

打这个放火者，

打这个二十世纪的尼龙，二十世纪的暴君！

四

德意志的兵士，

你们已经有了太多太多的战争。

你们说兵士总是兵士，

但我说人总是人。

你们说你们没有思想，没有得到解释，

多么可羞的话呵，

经过了八年的纳粹统治，

你们有了集中营和降落伞部队，

然而却没有了思想了！

五

至于你，希特勒，

你这个笨拙的演剧家，

你再像被谁打掉了一颗牙齿一样地

扮着鬼脸对兵士们喊

"愿上帝援助我们"吧！

是的，只有上帝援助你了！

还有你，墨索里尼，

你这个老打败仗的将军，

你这个尾巴！

所有你们这些强盗，

虽说你们能够制造战争，

在今天的历史上你们并不重要。

走开吧！从地球上走开吧！从我的诗里走开

　吧！

已经没有多少日子让你们炫耀！

六

我总是沉痛地记起我是一个中国人。

我总是愤愤不平地记起我是一个中国人。

我们的祖先好像在历史的道路上睡了一觉。

有一段时间我们没有很多东西可以夸耀。
我们不愿只是回到先秦去找思想家，
我们不愿只是回到唐代去找制度文物的繁华，
我们也不愿只是提起屈原杜甫的讴歌，
我们知道有无数无名的中国人
忍受得更多，也劳作得更多！
从海盗们的军舰驶进了我们的海港和扬子江，
那隆隆的炮声呵，终于把我们惊醒！
我们终于站了起来，走我们的祖先耽搁了的路，
不习惯地走，摸索着走，摔着跤走，
终于走到了今天！
今天我们的担子并不小，
但我们担负得很好！

我们知道这四年的战争日子是怎样过出来的！
我们是怎样勇敢地活着，怎样勇敢地去死！
打下去！再打下去！
让我们的呼喊像驶过街道和广场的救火车，
让我们的呼喊更大声一些！
让我们和苏联的公民们一样
屏息地听着冲锋的号令：

"向我们的胜利前进！"

1941 年

从那边路上走过来的人

"从那边路上走过来的人，
你看见了什么？
你又经历了什么？"

"路道很长。我看见的东西也很多。
我经历了很多的苦痛，
但我现在记得的却是快乐。
我疲倦的头曾经挨着温柔的胸怀睡过，
也曾经有许多暖和的屋顶遮过我的寒冷。
一阵拥抱，一次吻，
一点灯火，一个声音的喊叫，
一颗好的心，一本历史上的巨人的传记，
都曾经使我在快要倒下的时候
突然恢复了力量和勇气。
一切都完成了我。一切都行向一个真理。
我相信了人，也相信了自己。

人，多么渺小的人呵，

却能够做出多么伟大的事情，

像很高的山峰突出于平地！

你这边那边的人，

你向我问着这问着那的人，

让我们互相称为兄弟！

我像好久好久没有看见过人了呵！

我们从许多不同的道路走到了一起真是不容易！

今天我像是第一次感到世界是这样好，

人是这样可亲，

草是这样香，

阳光是这样美丽！"

1941 年

我把我当作一个兵士

我把我当作一个兵士，
我准备打一辈子的仗。

当我因为碰上了工作中的困难而烦恼，
当我因为疲乏而感到生活是平凡而且单调，
我就想我是一个兵士，
一个简简单单的兵士，
我想我是在攻打着一座城堡，
我想我是在黑夜放哨，
我想我不应该有片刻的松懈，
因为在我的队伍中一个兵士有一个兵士的重要，

我把我当作一个兵士，
我准备打一辈子的仗。

1941 年

什么东西能够永存

什么东西能够永存?
人在日光之下一切劳碌到底有什么益处,
人既然那样快地从摇篮到坟墓?

我的心里有时发出这样的声音,
我知道是那个顶古老, 顶丑陋的魔鬼的声音,
虽然它说得那样甜蜜, 那样年轻。
但当我夜里读着历史, 或者其他的书籍,
我仿佛看见了许多高大的碑石,
许多燃烧在时间的黑暗里的火炬。
不管他们是殉道者,科学家,思想家,还是歌者,
我都能够感到他们的心还是活着,
还在跳动, 而且发出很大的响声,
而且使我们的心跟它们一起跳动,
而且渐渐地长大了一些。
夜已经很深。一切都归于安静。

只有日夜不息地流着的河水在奔腾，在怒鸣。

我于是有了很大的信心。

我说，只有人的劳作能够永存。

我读着的书籍，我的屋子，我的一切用具，

以及我脑子里满满地装着的像蜂房里的蜜

  一样的东西，

都带着我们的祖先们的智慧和劳力的印记。

1942 年

平静的海埋藏着波浪

"平静的海埋藏着波浪，
鸟雀未飞时收敛着翅膀，
你呵，你为什么这么沉郁？
有些什么难于管束的东西
在你的胸中激荡？"

"我在给我自己筑着堤岸，
让我以后的日子平静地流着，
一直到它流完，
再也不要有什么泛滥。"

"我看见人把猛兽囚在笼子里，
外面再加上铁栏杆，
这一切都是多事，
不如让鹰飞在天空，虎豹奔跑在深山。"

"我就要这样驯服我自己，
从前我完全是自然的儿子，
我做了一切我想做的，
但我给自己带来的不是幸福
而是沉重的，沉重的负担。"

"能够燃烧的总是容易燃烧，
要爆炸的终于将爆炸，
石头被敲打时也会发出火花。"

1942 年

《北中国在燃烧》断片（二）

一　黎明之前

迎接着我从梦中醒来的，
是一阵有力的雄鸡的合唱。
天还没有亮。
我梦见在一个盛大的宴会上，
在灯光照不到的暗淡的角落里，
一个穿黑衣服的女子突然站了起来，
用嘶哑的像刚哭了过后的声音说：
"我们从哪里来，到哪里去？"

为什么在这样的晚上我还做这样的梦？
为什么我的梦比我的白天还要沉重？
难道这是我要回答的问题？
呵，这已经不是！
古书上说，人生于尘土，人死复归于尘土。

在这中间，印度王子只看见了痛苦，

而托尔斯泰，那个俄罗斯的贵族，

说人像悬在一根快断的树枝上，

下面是毒龙，而人还舔着那叶子上的蜂蜜。

我舔着的甚至并不是蜜，而是很苦的东西，

但我仍然如此贪婪，如此固执，

如此紧紧地抓住我的每一个日子。

我的感官，我的肢体向我证明，

我周围的一切存在向我证明，

生命并不是虚伪。

我们承认自然的限制。

在限制里最高地完成了自己，

人就证明了他的价值和智慧。

唯有自己是人而否定着人，

自己活着而反复地说活着没有意义，

才是最大的罪过，最大的愚昧。

我曾经是一个迷失的人。

像打破了船的乘客抓住木板，

我那样认真地委身于梦想和爱情。

但梦想和玻璃一样容易破碎。

爱情也不能填补人间的缺陷。

我的灵魂是燃烧在莽原上的小小的火，

仿佛它是那样容易熄灭。

一直到我发现了而且叫喊了出来：
"不对！这个人类生活着的社会完全不对！"
我才突然有力量向全世界张开了我的手臂。
我说，迎接我呵，
你这个古老的世界！
我是你的迷失的儿子，
我是你的失去了而又重新获得的儿子，
给我双倍的爱抚！双倍的教育！
让我把我的头伏在你的胸怀里，
让我把我的双手紧紧地搂住你的颈子，
然后很快地揩去我的眼泪，我的记忆，
抬起头来分担你的痛苦！

但我的声音是如此弱小，
似乎谁也没有听到。
对于全世界一个人是非常不重要。
而且比人的声音响得更高的是军号和大炮。
呵，那是战争！
那是最大的也是接近最后一次的战争
正在进行！我必须参加进去！
我知道我是属于哪一方面的。
我听见了我的伙伴们的呼喊。
我必须赶快去呵，
我已经快过完了我的和平的最后一晚！

当我有远行的时候前一晚上我总是睡不好。
我总是醒得太早。我总是等待着天明
像等待着汽船或者火车的汽笛的鸣叫。
黎明呵，快些到来！
我将马上动身，
马上离开我的家，我的亲人！

我的母亲，
你是不是奇怪我为什么永远这样奔波，
永远不能给自己造一个温暖的窝？
昨晚上我向你告别的时候
你哭了。
难道我是一个疯狂的人，
当我处在可悲的境况中
我还说"你为什么哭——
你应该笑？"
难道我打算担负的将是我所不能担负的？
难道在你的眼中我还很幼小？

泪呵，那从心里涌出来的泪，
那由于爱的泪，那为了他人的泪，
是沙漠中突然开放的一朵朵的花呵，
那是将结出果实来的！

让我走吧！

让我背负我所有的沉重的悲伤和忧虑，

也让我背负着一个人的温柔的眼泪，

踏上我前面的道路，

那长长的道路，那艰苦的道路，

那不知道有些什么在等待我的道路！

那只有用我的脚去一步一步地走的道路！

我是命中注定了没有安宁的人，

我是命中注定了来唱旧世界的挽歌

并且来赞颂新世界的诞生的人，

和着旧世界一起，我将埋葬我自己，

而又快乐地去经历

我的再一次的痛苦的投生。

二 寂静的国土

奇异的寂静。中国画里的寂静。

新生出来的婴儿一样的早晨

也不能给这国土注入新的生命。

阳光，飞着的鸟雀的翅膀，

从屋顶上升的晨餐的炊烟，

都不打扰它的古老的睡眠。

在树林中露出粉墙的庙宇呵，

把你亭子上的钟声传递过来！

我像走入了时间里的过去。

我像重又是一个小孩子。

在这附近我曾经和那些农民的儿子

放牛的，放羊的，或者割猪草的，

一起做过许多寂寞的游戏。

我们曾经搬起溪水里的石头捉螃蟹，

钻进有刺的矮林中摘红色的莓子，

在土地庙的墙壁上取下泥蜂的土巢，

而又把土地菩萨的手臂敲断。

这一切都似乎没有什么改变：

溪边仍然开着蓝色的扁竹花，

桥下的流水也没有喑哑，

还有树林呵，你并没有长得更高更大。

但我已经失去了我的小伴侣。

他们已经成了农夫。继续他们的父母

他们又一年四季在田里受苦。

就在那山坡上，他们在默默地

弯着腰，汗流满面地割着谷子。

这是崟崟的多山的土地。

天空也常常崟崟着雨。

而且是怎么啦？怎么收割的人这样少？

从前的那种收获季节的热闹哪里去了？

那一排一排的人在田里竞赛着割；

高高的谷子倒下，镰刀嗖嗖地响；

蚱蜢跳着，飞着，展开了

它们的红色的扇子形的翅膀；

打谷场上石碌转动着；有时一声牛叫；

场子的周围堆着小山一样的稻草；

到了晚上，人们就睡在露天下；

有时还有借来的牛皮灯影戏静静地开演……

现在是怎么啦？怎么这样静悄悄地？

是什么时候他们完全丧失了他们的歌的？

呵，路旁的茅草屋，你掩盖着一个悲伤的故事！

在你的屋檐下曾经坐着那个年轻的鞋匠，

那个曾经为我们孩子们所爱戴的。

我们常常在阳光下围着他，望着他

一边用两根猪毛针很快地上着鞋底，

一边不断地给我们讲会土遁的土行孙，

会飞檐走壁的大强盗毛钻子。

他的母亲也很和气，从来不讨厌我们。

谁知道是为什么呵，后来有人说他私通土匪，

那些真正抢劫人的县城的官

把他捉了去，而且最后把他枪毙。

而这失去了她的独儿的母亲逢人便哭喊着：

"我的儿子是不会抢人，杀人的！"

一个夜晚她投入了屋侧的池塘里。

这事变是那样深地刺进了我幼年的心：

我那时一个人走过这池塘，也不怕这个跳水鬼。

我知道她是不会取我去作替胎的。

从此这茅屋又住着另一家人；

平静的乡下吞没了这个悲伤的故事

正如吞没了一个人依然平静如故的塘水。

路从山上伸展下来
又爬上一座高山。
为着行人的休息，山顶有几家小店。
你还是在这里呵，你这个小铁匠铺！
风箱还是呼呼地响。炉火冒着红光。
锤打的声音和火花飞满一屋子。
你满脸煤烟的铁匠，你已经老了，
你记不记得我从前常常好奇地站在这门外，
看你有力的手臂怎样用钳子和铁锤
把坚硬的铁变成锄头、镰刀或者剪刀？
你这样锤打着锤打着，过了多少日子！
还有隔壁的小饭铺，也还是原来的模样。
桌子旁边坐着客人。锅铲和铁锅敲打着响。
系着围裙的饭铺主人，你还认识我，你招呼我坐。
但今天我不能在这里休息，我要赶我的路程。

这就是我曾经在它上面生长起来的国土。
这就是我曾经一起呼吸的人民。
他们的潜藏的力量只够贫穷的生活的消耗。
他们的灵魂里的黑色的悲苦不被人知道。
他们生前几乎没有希望，
死后也没有幻想的天堂。

我就是从他们中间走了出来。

对于他们我是负债的。

我的父亲不种田而我有粮食吃。

我的母亲不织布而我穿着衣。

虽说我的祖父的祖父是一个自耕农，

我的祖父的祖母也常常下田耕种，

人们说，在六月的大太阳天，因为没有草帽，

她常常披一床破席子到田里去锄草，

我的父亲已经完全没有了农民的辛勤

而仅仅有着地主的贪婪和悭吝。

他的箱子里放着许多锭银子；

每年除夕他把它们取出来，摆在桌子上；

他从蜡烛光中望着它们，发出微笑。

如果不得他的同意，我的母亲到县城里去

为孩子们买了几尺布或者一双鞋子，

他就要把它们撕破而且和她大吵一次。

我就是从这样的小天地里走了出来，

走到了无边的阔大的世界。

我走进了人类的文化的树林里。

我发现了许多秘密。

我才知道人可能过另外的生活，

而且这可能就依靠他自己。

但什么时候才有那样的日子？

那发光的日子？那甜蜜的歌一样的日子？

呵，我的邻居，我的亲人，我的一切受苦难的兄弟！

我走向前去。我去迎接。我去找寻。

那样的日子是一定会到来呵，

随着无数人的不幸所汇合成的

巨大的风暴，巨大的雷霆！

三　一个造反的故事

我的心里郁结着的东西是这样多，

它们拥挤着，争抢着，要变成歌。

我自以为对于乡土我很淡漠，

但当我离开了它，许多熟悉的面貌，

许多悲苦，许多风俗和许多传说

都来到了我的心里，把我缠绕。

你最有力量的，你最先从混乱中浮现！

我愿跟着你重又把苦难经历一遍！

在这奔向县城的大路上和我一样走着的

我知道曾经有过到衙门去纳税的，

被招募去当兵或者修马路的，

挑着菜蔬去卖了而又买回几尺布的，

但是也曾经走过造反的队伍。

最有力量的就是人民的反抗。

即使是失败的反抗我也要为它歌唱。

在从前，六十岁以上的老人喜欢讲白莲教，

那是他们平静的记忆里的最大的风暴。
蓝大顺，蓝二顺，那两个造反的头子，
率领着人马沿途攻打城堡。
那时县城里只有很少满清时代的兵士。
书院里的人聚集起来和知县商量大事。
他们建议在城外附近的一座树林里
挂上一长排灯笼，到了夜晚把它们都点亮，
然后派一队兵士从侧面去袭击。
蓝大顺，蓝二顺中了疑兵计，不敢前进，
而且当战斗把他们赶到了一片冬水田里，
又深又软的泥陷住了他们的马蹄。
他们就这样被捉住。队伍也就奔窜到别处。

好多年来再也没有大的变乱，
只有间或有过路的军队拉夫，
把农民们赶得像鸡鸭一样
满山乱跑或者从岩边滚下去，
间或有小股的土匪活动，
他们叫山为龙背，叫有钱人为肥猪。
一直到一个老虎下山的荒年
深山里才又出现了"神兵"。
那是一个和外面隔绝的世界。
只有冒险的小贩到那里去买药材。
他们回来后嘲笑那里的人经常吃包谷，
因为在城里的人看来，那是喂猪的食物。

就在这深山里出现了大菩萨、二菩萨，

他们会披着黄袍，拿着鹅毛扇，念咒作法，

他们把信从的农民称为"神兵"，

说吞了他们的符水就会突然有神力，

而且无论刀，无论枪子儿，都不能杀死。

有一天，这样的队伍拿起菜刀、锄头和火钳，

从深山里杀出来。顺着大路向县城进发。

队伍沿途扩大。那些怕死的有钱人家

在门前点着香烛，跪着迎接。

他们的命运悬于两块竹根做成的卦。

在他们面前卦被掷下地去：

得顺卦者生，得阴卦者死。

队伍继续前进。他们喊着"杀灰狗儿"！

那些被他们称为灰狗儿的驻军

被逼退入了县城，关了城门。

他们真似乎杀不死。子弹穿进了身体，

他们仍然向前冲，像一点落到身上的雨。

他们把夺来的枪支，他们所鄙视的新式武器，

用石头砸破，一捆一捆地沉入河水里。

驻军是那样危急，他们在城里

杀黑狗，杀雄鸡，而且搜索产妇，

要用他们的血来破"神兵"的法术。

一直到爬城的时候，这些从不后退的勇士

被一排机枪扫射了下来，兵士们才恢复了信心，

才很快地传着消息，说"神兵"还是打得死。

于是在接着来的一阵猛烈的反攻以后，
这些反叛者就成了堆积在河坝的尸首。

于是一切又回到了沉默的统治。
这个故事在人们的记忆里像烧过了的炭
渐渐地变成灰色，渐渐地被忘记。
后来我到县城里去进学校，
我曾经在街上的照相馆的玻璃窗内
看见过这些反叛者的尸首的照片
（它们已经是引不起人注意的陈旧的装饰）。
他们有成人，也有小孩子，
有的头上围着布，有的赤着脚，
有的闭着眼睛，有的张着口，
仿佛那些顽强的还在疑惑：
为什么他们尽了全力
还是没有把束缚他们的命运冲破？

四　都　市

啊，都市，你这个怪物！
你这个黑色的大蜘蛛，
你的网伸向四方八面像吸血管，
无数人的饥饿为了你的肚子的饱满！

战时的繁荣。畸形的繁荣。

银行的水门汀建筑高耸入云。

汽车，从上海来的，从南京来的，

照样威风十足地奔驶在重庆这山城。

人。人拉着人。人抬着人。

还有匆匆忙忙在街上走着的人。

每个人的脑子里在转着什么主意？

谁在笑着，满足于自己的胜利？

谁在日夜为生活奔波，喘着气？

惨淡的夜晚里的惨淡的旅馆。

麻将声的统治里，突然穿过一声

"茶房，茶房"和叫"瓜子，香烟"的小贩。

茶房到单身客人的房间问："先生，

要姑娘吗？干净的，三十块钱一晚。"

我像站在垃圾堆里呼吸。

在垃圾堆里也有人匍匐着找东西吃。

晚报！晚报！晚报报告了武汉的失守。

上面的消息使我颤抖：男女老幼

在人行道上拥挤着，难于插足行走；

黑夜中红色的火光上升，木制房屋的炸裂声，

石制房屋的爆炸声，清彻可闻……

但这并不能破坏这里的日程。

一切照常进行，从白天到夜晚，从夜晚到天明。

对这一切我是如何厌弃！

对我所有住过的都市！

像几何学上的圆周一样圆的是我的记忆，

从每一点过去引到现在都似乎等距：

北平。我住了很多年还是不喜欢

那一声"您"，那一声"回见"，

还有那在胡同里碰见，对面打千，

还有那打电话问好，问一半天。

还有那有名的三海子公园，八大胡同，厂甸。

还有那新起来的舞场，弹子房和女招待。

这一切存在没有人奇怪。

我却感到这个城在陷落，陷落到地层里去，

它的居民都将被活埋，我也不是例外。

大学教授到定县去讲学才发现

老百姓原来不是吃白面馍而是吃小米饭。

我那些日子过得多么没有意义！

我那些多梦的日子！我那些梦的怪异！

我梦见我站在高台上。整个城在我脚下。

电车在大街上驶行着，发出火花。

我说："一定有什么事情要发生。"

但是我失望了："没有什么事情发生。"

突然一阵狂风吹来，把我吹醒。

呵，炮声！南苑北苑的炮声像雷鸣。

响吧！响吧！只有你才能震动这死城！

天津。臭的墙子河。污秽的三不管。
人家告诉我坐洋车过那里要抓紧帽子，
不然就有人从旁边伸出手来抢去。
工厂的烟囱里的黑烟在空中弥漫。
工女们在黄昏中流出来像沉船的碎片。
日本浪人对着市政府的大门小便。
还未死去的白面儿客在为"冀东政府"请愿。
我要像赶走一群苍蝇似地
来赶走我这些灰色的记忆：
每天晚上我坐在电灯下，坐在藤椅里，
听着与我同类的知识分子的叹气：
"这种小职员的生活再过五年——
只要五年我们就一定被毁坏！"
或者一个单身汉的同事
像问我为什么不喝酒一样地
问我："你呵，你为什么不恋爱？"

对这一切我是如何厌弃！
对我所有住过的都市！
我的祖国，你的力量在哪里？
你靠什么来抵御敌人，保存自己？
到底谁是你的最忠实的儿女？
你说话呀！

你为什么不说话？

是谁捏住了你的颈子？

长久地长久地我不能睡去。

我像睡在监狱里一样渴求着阳光和空气。

我像睡在医院里一样听厌了呻吟和哭泣。

我又像睡在颠簸的海船上远渡重洋，

我的肠胃在翻动，我的眼睛望着远方。

呵，快些给我一个海港！

快些让我的脚踏在大陆上！

但是远远地远远地

我听见了一种震动大地的声音，

它是那样错杂而又那样和谐，

它是那样古老而又那样年轻。

那是我的祖国在翻身。

那是我们的兵士在攻打着敌人。

那是无数的人民觉醒了，站起来了，

在推动着历史前进。

1942 年

我想谈说种种纯洁的事情

我想谈说种种纯洁的事情，
我想起了我最早的朋友，最早的爱情。

地上有花。天上有星星。
人——有着心灵。
我知道没有什么东西能够永远坚固。
在自然的运行中一切消逝如朝露。
但那些发过光的东西是如此可珍，
而且在它们自己的光辉里获得了永恒。
我曾经和我最早的朋友一起坐在草地上读着书籍，
一起在星空下走着，谈着我们的未来。
对于贫穷的孩子它们是那样富足。
我又曾沉默地爱着一个女孩子，
我是那样喜欢为她做着许多小事情。
没有回答，甚至于没有觉察，
我的爱情已经如十五晚上的月亮一样圆满。

呵，时间的灰尘遮盖了我的心灵，

我太久太久没有想起过他们！

我最早的朋友早已睡在坟墓里了。

我最早的爱人早已做了母亲。

我也再不是一个少年人。

但自然并不因我停止它的运行，

世界上仍然到处有着青春，

到处有着刚开放的心灵。

年青的同志们，我们一起到野外去吧，

在那柔和的蓝色的天空之下，

我想对你们谈说种种纯洁的事情。

1942 年

多少次啊当我离开了我日常的生活

多少次啊我离开了我日常的生活，

那狭小的生活，那带着尘土的生活，

那发着喧嚣的声音的忙碌的生活，

走到辽远的没有人迹的地方，

把我自己投在草地上，

我像回到了我最宽大的母亲的怀抱里，

她不说一句话，

只是让我在她的怀抱里静静地睡一觉，

然后温柔地沐浴着我，

用河水的声音，用天空，用白云，

一直到完全洗净了我心中的一切琐碎，重压

　和苦恼，

我像一个新生出来的人……

但很快地我又记起我那日常的生活，

那狭小的生活，那满带着尘土的生活，

那发着喧嚣的声音的忙碌的生活，

我是那样爱它，

我一刻也不能离开它，

我要急急忙忙地走回去，

我要走在那不洁净的街道上，

走在那拥挤的人群中，

我要去和那些汗流满面的人一起劳苦，

一起用自己的手去获得食物，

我要去睡在那低矮的屋顶下，

和我那些兄弟们一起做着梦，

或者一起醒来，唱着各种各样的歌，

我要去走在那些带着武器的兵士们的行列里，

和他们一起去战斗，

一起去争取自由……

呵，我是如此愿意永远和我的兄弟们在一起，

我和他们的命运紧紧地联结着，

没有什么能够分开，没有什么能够破坏，

尽管个人的和平是很容易找到，

我是如此不安，如此固执，如此暴躁，

我不能接受它的诱惑和拥抱！

1942 年

新中国的梦想

一

日本投降的消息到了延安，
把一个深夜的会议打断。
钟声被惊动了似的狂响。
人们从窑洞流到街道和广场。
火把，行列和叫喊。
秧歌锣鼓，秧歌舞。
人被抬了起来。
男子们也互相拥抱，
胸前的钢笔也被抱断。

也有过早蓄了胡须的年轻人
兴奋后回到窑洞里点起煤油灯，
低声地对我说，好像一声长叹：
"还没有完结呵中国人民的灾难！"

二

没有完结的是重庆的雨天和阴天。

雨天是满街的烂泥。

阴天使人要发疟疾。

何等沉闷的天气！

何等可恶的咬文嚼字：

"是内乱不是内战！"

何等疯狂的波浪！

何等的舵手才能坚决地把握住方向

而又巧妙地向前直航！

历史多次地证明了科学的预见的神奇，

但在险恶的逆流中我们仍容易迷惘。

"人民将赢得战争，

赢得和平，又赢得进步"——

但哪里是和平的阳光？

三

呵，百年来的中国人民的梦想，

或者叫富强，

或者叫少年中国，

或者叫解放，

或者甚至叫不出名字，

只是希望有衣穿，有饭吃，

（这也许是太不像希望的希望，

太不像梦想的梦想，

但这又是多么不容易变成现实）……

必须有人来集中他们的意愿，

必须有人来寻找道路！

好长的路！

好曲折的路！

多少人倒下了

而又多少人继续走下来的路！

终于走成了一条异常广阔的路！

新中国呵，

百年来的梦想中的新中国呵，

不管还要经过多少曲折，

你将要在我们这一代出现！

你给了我们最大的鼓舞，

（最大的晕眩！）

四

是的。还有着狼。

狼还在横行。

狼又可以变狐狸。

中国人民还得小心哩。

五

"中国人民面前现在还有困难，
将来还会有很多困难，
但是中国人民不怕困难！"
何等有力的声音！
何等坚强的信心！

好久好久了
我想作一曲毛泽东之歌，
但如何能找到那样朴素的语言
来歌颂这人民的最好的勤务员？
又如何能找到那样庄严的语言
来叙述他对于人民的无比的贡献？

还是老百姓的心和他最相通，
最先是一个民间歌人
唱起了"中国出了个毛泽东"。

也是一个农民，一个跛了脚的，
和我谈起抗战胜利却掉下眼泪。
为什么呢？他说："我知道
毛主席要离开延安了，

没有人像他那样对我们好。"

六

他把中国人民的梦想
提高到最美满，
他又以革命的按部就班
使最险恶的路途变成平坦。
五千年累积的智慧，
一百年斗争的英勇，
在他身上成熟，
在他身上集中，
我伟大的民族
应有这样伟大的领袖出现！
多少重大的关键，
多少严格的考验，
他的路线总是胜利的路线！

他又教我们不要骄傲，不要急躁。
百年来的梦想将要在我们这一代实现，
这并不比打倒一个日本法西斯轻便！

从青年到老人，
从都市到乡村，
以先锋队到尚未觉醒者，

都起来呵，

把新中国的基础筑得很坚固，

把地上的荆棘和垃圾通通扫除，

再也没有谁能够毁坏，

再也没有什么能够阻碍，

然后田野里长满了五谷，

工厂里机器不住地旋转，

文化像翅膀一样长在每个人身上

又轻又暖，又能飞得远，

然后我们再走呵，

走向更美满的黄金世界……

七

这就是我为什么这样激动。

这就是我的杂乱的颂歌。

这还不是一个对于新中国的诞生的庆贺，

这只是一只鸟雀

在黎明之前

用它硬硬的嘴壳敲着人们的窗子，

报告一个消息：

"这一次

再不是我的幻觉。

这一次

真是天快亮了。

起来呵！

起来呵！”

1946 年

回　答

一

从什么地方吹来的奇异的风，
吹得我的船帆不停地颤动：
我的心就是这样被鼓动着，
它感到甜蜜，又有一些惊恐。
轻一点吹呵，让我在我的河流里
勇敢地航行，借着你的帮助，
不要猛烈得把我的桅杆吹断，
吹得我在波涛中迷失了道路。

二

有一个字火一样灼热，
我让它在我的唇边变为沉默。
有一种感情海水一样深，

但它又那样狭窄，那样苛刻。
如果我的杯子里不是满满地
盛着纯粹的酒，我怎么能够
用它的名字来献给你呵，
我怎么能够把一滴说为一斗？

三

不，不要期待着酒一样的沉醉！
我的感情只能是另一种类。
它像天空一样广阔，柔和，
没有忌妒，也没有痛苦的眼泪。
唯有共同的美梦，共同的劳动
才能够把人们亲密地联合在一起，
创造出的幸福不只是属于个人，
而是属于巨大的劳动者全体。

四

一个人劳动的时间并没有多少，
鬓间的白发警告着我四十岁的来到。
我身边落下了树叶一样多的日子，
为什么我结出的果实这样稀少？
难道我是一棵不结果实的树？
难道生长在祖国的肥沃的土地上，

我不也是除了风霜的吹打，
还接受过许多雨露，许多阳光？

五

你愿我永远留在人间，不要让
灰暗的老年和死神降临到我的身上。
你说你痴心地倾听着我的歌声，
彻夜失眠，又从它得到力量。
人怎样能够超出自然的限制？
我又用什么来回答你的爱好，
你的鼓励？呵，人是平凡的，
但人又可以升得很高很高！

六

我伟大的祖国，伟大的时代，
多少英雄花一样在春天盛开，
应该有不朽的诗篇来讴歌他们；
让他们的名字流传到千年万载。
我们现在的歌声却那么微茫！
哪里有古代传说中的歌者，
唱完以后，她的歌声的余音
还在梁间缭绕，三日不绝？

七

啊，在我祖国的北方原野上，
我爱那些藏在树林里的小村庄，
收获季节的手车的轮子的转动声，
农民家里的风箱的低声歌唱！
我也爱和树林一样密的工厂，
红色的钢铁像水一样疾奔，
从那震耳欲聋的马达的轰鸣里
我听见了我的祖国的前进！

八

我祖国的疆域是多么广大：
北京飞着雪，广州还开着红花。
我愿意走遍全国，不管我的头
将要枕着哪一块土地睡下。
"那么你为什么这样沉默？
难道为了我们年轻的共和国，
你不应该像鸟一样飞翔，歌唱，
一直到完全唱出你胸脯里的血？"

九

我的翅膀是这样沉重，

像是尘土，又像有什么悲怆，
压得我只能在地上行走，
我也要努力飞腾上天空。
你闪着柔和的光辉的眼睛
望着我，说着无尽的话，
又像殷切地从我期待着什么——
请接受吧，这就是我的回答。

1952 年 1 月写成前五节

1954 年劳动节前夕续完

有一只燕子遭到了风雨

——拟歌词一①

①从前学写小说，曾为其中人物所唱歌曲拟作歌词二首。小说后来未能写下去，歌词亦未必可以谱曲，但因是试用曾被人讥讽为"闭门造车"的现代格律诗体，姑存之。

——作者原注

有一只燕子遭到了风雨，
再也飞不回它的家里；
是谁理干了它的羽毛，
又在晴空里高高飞起？

有一个人是这样忧伤，
好像谁带走了他的希望；
是什么歌声这样快乐，
好像从天空降落到他心上？

还有什么更感人，更可贵，
比较同情和援助的手臂？
是什么，是什么这样沉重？
那是一滴感谢的泪！

1956 年

海哪里有那样大的力量

——拟歌词二

海哪里有那样大的力量？
它哪能冲掉人的忧伤？
我去过海边，听过波涛
拍打着海岸像雷一样响。

我也曾把我浸在海水里，
再让日光沐浴着身体。
但我独自躺在沙滩上，
却想到一个童话般的故事：

为什么海水有咸的味，
那是由于美人鱼的泪，
由于她的沉默的爱情
一直不曾被人理会。

尽管海能够把巨舰吞没，

能够叫大山给他让路，
但有些时候人的感情
却比铁石还要坚固。

能够像风一样吹开
人的忧伤的，不是海，
却是陆地上人自己创造的
生活的欢乐、劳动的愉快。

1956 年

听　歌

我听见了迷人的歌声，
它那样快活，那样年轻，
就像我们年轻的共和国
在歌唱她的不朽的青春；

就像早晨的金色的阳光
因为快乐而颤抖在水波上，
春天突然回到了园子里，
花朵都带着露珠开放。

它时而唱得那样低咽，
像夜晚的喷泉细声飞射，
圆圆的月亮从天边升起，
微风在轻轻摇动树叶；

它时而唱得那样高昂，

像与天相接的巨大的波浪，
把我们从陆地上面带走，
带到辽远的蓝色的海洋；

然后又唱得那样温柔，
像少女的眼睛含着忧愁，
和裂土而出的植物一样，
初次的爱情跃动在心头。

呵，它是这样迷人，
这不是音乐，这是生命！
这该不是梦中听见，
而是青春的血液在奔腾！

1957 年

号　角

①古希腊人称底格里斯河和幼发拉底河中间那块地方为"美索布达米亚"，意即两河之间，最古居民为苏马达人，后来巴比伦王国、亚述国、新巴比伦王国均建过国于此。起源于苏马达、远古时代的巴比伦文化在纪元前发展了四千年之久，达到了高度繁盛，巴比伦人的关于天文学和数学的知识，后传到希腊人，再由希腊人传到欧洲其他民族。今伊拉克即位于美索布达米亚低原上。
②纪元后直至十一纪阿拉伯人已有很高的文化。阿拉伯人物通人体解（剖）学，整个中世纪时期西欧都是读的阿拉伯的医学教科书。在数学上阿拉伯人发展了几何学和三角学，建立了代数学这一新科学，产生了一些历史著作和《天方夜谭》故事。
③扎伯林的通讯《伊拉克农民》写到伊拉克农民的贫困，这破产农民流离到城市的情况，这篇通讯还说到伊拉克全国仅有 10% 的人能读能写，农村78% 以上的人民是文盲。原载《新时代》1953 年第 38 期，译文见《各国纪行》。
——均系作者原注

呵，美索布达米亚，

古代巴比伦文化的摇篮，①

我们学习世界史的时候

就熟悉那一片松绿色的平原！

数学、医学、历史和文学，

阿拉伯人做了多方面的贡献。②

近代和现代的西方回答

却是殖民主义的铁链；

却是毒蛇一样吸者

中东人民的血液的石油管；

却是饥饿、流离、文盲③，

黑色的阴谋和不准造反。

好久好久了不曾出现

伊拉克这样壮丽的革命！
好久好久了人们渴望
这样猛烈的风暴和雷霆！

火山爆发了。熊熊的火光
照红了大地、海洋和天空。
让帝国主义者飞到火中来，
让它们死得像一些飞虫！

从亚洲到非洲，从欧洲到美洲
到处响着号角的声音。
啊，它是人民的号角，
它在号召着觉醒和斗争！

它在号召着斗争的胜利，
号召从战斗中去赢得和平，
号召着人类的新的世纪、
新的文明时期的黎明！

1958 年

夜过万县

灯火灿烂的山城
弯弯地横在岸上。
很像是重庆的夜景，
只少一条嘉陵江。

凭着船上的栏杆，
我很想多看看它：
这是我的家乡，
我吸它的奶汁长大。

哪儿是苍翠的太白岩，
相传李白住过，
在那山脚下的小学里
曾度过我少年的生活？

哪儿是热闹的南津街，
曾被英国的军舰

炮击成一片瓦砾，
很快又开满了商店？

哪儿是我和同伴们
在上面奔跑过的街道，
在上面高声喊过
打倒帝国主义的口号？

望不见我熟悉的地方，
也望不见解放后的建设，
只看见灯火灿烂，
照耀着一江夜色。

只看见长江上游
如今也可以夜航，
像我们的建设的步伐
日夜不停地奔忙。

凭着船上的栏杆，
一直到望不见这山城，
江面的红绿灯标
好像在依依送人。

1958 年初稿
1961 年修改

我们的革命用什么来歌颂

　——参加中华人民共和国运动会闭幕式看团体操
"革命赞歌"后作

我们的革命用什么来歌颂?
什么歌手,什么画工,
能描摹这翻天覆地的变化,
这人间的青春常驻的彩虹?

什么颜色,什么声音,
什么石破天惊的诗文,
能塑造这碧海般的波澜壮阔,
这一轮红日破晓的欢欣?

我的歌呵,如果你的沉默
不过是炸药的黑色的壳,
什么时候一声巨响,
迸射出腾空而起的烈火?

如果你埋藏在我心里太久，
像密封在地下的陈年的酒，
什么时候你强烈的香气
像冲向决口的水一样奔流？

《东方红》最早是农民的歌唱，
如今从东海滨到雅鲁藏布江，
从内蒙古草原到海南岛丛林，
都歌唱毛泽东，歌唱共产党。

大型的歌舞史诗《东方红》
集中了那难忘的年代的激动：
从万里长征到抗日的游击战，
到红旗升起在天安门的晴空。

如今又看到了对革命的讴歌，
用千万人的肢体，用雄伟的动作：
从火炬燎原到建设新中国，
到红色的接班人像鲜艳的花朵。

钢水、石油流到了广场，
棉花、麦穗像无边的波浪，
保卫我们幸福的生活，
民兵紧握着手中的枪……

我把我的歌加入这集体，

像一滴水落进大海里，

再不抱怨它的微弱，

也不疑惑我失掉了彩笔。

1965 年

奇　闻

小兔，小兔，在林中跑，
多么快活，多么灵巧！
渴了一起喝小溪的水，
饿了一起吃野菜，野草。

松鼠在树枝上跳来跳去，
小鸟唱着欢快的歌曲，
这和谐的世界像在赞美
这一对小兔的亲密，和睦。

一只白的雪一样白，
一只黑的缎子一样黑。
它们从来也不奇怪
兔子生来有不同的颜色。

更不会想到这种怪事情：

白色要比黑色优胜，

黑色要比白色低劣，

黑白通婚要判徒刑。

有人从这对小兔的游戏，

描写到它们举行婚礼，

儿童们读了知道，自然界

并没有这些荒谬的禁忌。

一本小书引起大风波，

图书馆把这本书都点起了火。

这奇闻发生在什么地方？

就在二十世纪的美国。

1971 年

附注：十多年前，美国儿童读物作家、插画家威廉斯出版了一本儿童故事书《小兔的婚礼》，在美国南方引起轩然大波，后来那里所有图书馆都把这本书烧了。美国南方和西南二十九个州均禁止黑人和白人结婚。密西西比州的法律规定："任何个人、工厂或公司，凡印刷、出版或发行出版物，而该出版物主张提倡黑白通婚者，可被控非法，给予五百美元以下，或坐监六个月以下，或两者同时执行的处分。"这就是《小兔的婚礼》要予以焚毁的法律根据。黑人和白人通婚，有判徒刑三年、五年以至十年者，有一对黑白夫妇由牧师证了婚仍为非法，所有子女为私生子，不得有继承权者，有男方曾祖母为黑人，有"八分之一黑人血统"即被判刑者。

悼郭小川同志

不知道为什么，我老到八宝山去，
去追悼比我岁数小的同志，
去参加安置骨灰的典礼，
难道我很老了，也快消逝？

难道这是自然的规律，
这是必然，不可违背？
为什么又这样次序颠倒，
要我岁数大的为岁数小的挥眼泪？

不是不是，明明我的心
还像二十岁一样跳动，
别想在我精神上找到
一根白发，一点龙钟。

"四人帮"把你轰出北京，

你来信说，你总归要回来，
来看我。我也常将客厅
收拾整齐，把你等待。

谁知道等到的却是你突然
逝世的消息，多么意外！
十年见不到你的新作，
我们都饱受"四人帮"的迫害。

你死后遗作才能发表，
与其说可喜，不如说可哀。
怎么，忽然一下都承认
你的作品，你的诗才！

也许奴颜婢膝匍伏
在"四人帮"脚下的人
也举手通过你的诗——
但诗啊，不让这种人亲近！

这种人习惯于"四人帮"的臭气，
他鼻子也嗅得出诗的芳香？
岂不是魔鬼也崇拜神？
蔷薇也会开在狗屎堆上？

少女能为失去的爱情歌唱，

守财奴却不能歌唱失去的金钱，
是你吗，普列汉诺夫，
你曾肯定过的一句名言？

"四人帮"怎样意气熏天，
也不能命令花变成漆黑，
命令诗发出恶臭，
和他们一样的气味和颜色！

诗是那样光明磊落，
射发着理想的纯洁的光辉，
受"四人帮"长期熏陶的鼻子
怎么能欣赏诗的芬芳？

虽然不能说是肝胆之交，
我们却互相有好感，
我们有共同的革命事业，
我们有多方面的共同语言。

我说，"四人帮"的法西斯罗网！
比蒋介石反革命专政还严密，
不知道你的感觉怎样，
这说得过分，还是合理？

过去在重庆，有《新华日报》

发表共产党人的文章和诗，
"四人帮"控制十年的报刊
却不登载我们一个字。

"四人帮"把他们篡夺的报刊，
变为修正主义的宣传机器，
变为他们的帮报帮刊，
不再是共产党人的喉舌和园地。

那时也应有《新华日报》，
但它好像被"四人帮"阻隔，
我们找不到我们的报纸，
它也找不到它的支持者。

坐在温度低的冬天的客厅里，
你也并不觉得寒冷，
我们的谈话像一盆火，
旺盛地燃烧着，热气上升。

哪怕北风威胁地呼啸着
掠过屋顶，像发了狂，
带着数九寒天的雪花，
猛烈地扑打我的门窗。

1977 年

读吉甫遗诗

陶渊明生在二十世纪，
松尾芭蕉生在中国，
契诃夫如果不写小说，
而写诗歌——多么奇异，
在我眼前，在我书桌上
放着的就是这样的篇章！

但是，你不仅仅是诗人，
而且还是一个战士。
松尾芭蕉我不能估计，
只是我可以大胆肯定：
陶渊明，契诃夫和我们共甘苦，
也会走我们同样的道路。

呵，多灾多难的祖国！
祖国的日月换了新天！

226

我们在北京重又见面——
我们感到幸福的烧灼，
我们一起听毛主席讲话！
但你瘦弱得令我惊诧！

我们都写得太少，太少，
只有接受后代人的责备——
我一步一步走在中国的土地，
你在反动派监狱里盼天晓；
我们曾为革命呐喊，
也为建设滴过几粒汗。

1977 年

第三辑

古　国

　　——为北京师范大学附属女子中学庆祝从事教学
工作三十年以上教职工大会作

古国腾欢转少年，春来百卉尽争妍。
情知种树人辛苦，绿叶成荫满陌阡。

1963 年

效杜甫戏为六绝句

一

溯源纵使到风骚，苦学前人总不高。
蟠地名山丘壑异，参天老木自萧萧。

二

刻意雕虫事可哀，几人章句动风雷？
悠悠千载一长叹：少见鲸鱼碧海才！

三

堂堂李杜铸瑰辞，正是群雄竞起时。
一代异才曾并出，哪能交臂失琼姿。①

① 杜甫诗云："才力应难跨数公，凡今谁是出群雄？或看翡翠兰苕上，未掣鲸鱼碧海中。"开元天宝年间，后世称盛唐，诗中豪杰之士不下十人。李杜正鲸鱼碧海之才也。杜甫自谦过甚，无可非难，然竟忘"无敌"之李白，不知何故？贵古贱今，由来已久，安知今之新诗人中无大器晚成者乎？故为前章下一转语。
——作者原注

四

革命军兴诗国中，残音剩馥扫除空。

只今新体知谁是，犹待笔追造化功。

五

初看满眼尽云霞，欲得真金须汰沙[1]；

莫道黄河波浪浊，人间锦绣更无瑕。

六

少年哀乐过于人，借得声声天籁新。

争奈梦中还彩笔，一花一叶不成春。

1964 年

[1] 韩偓《奉和峡州孙舍人肇荆南重围中寄诸朝士二篇，时李常侍洵，严谏议龟，李起居殷衡，李郎中冉，皆有继和，余久有是债，今至湖南方暇牵课》："敏手何妨误汰金"云云。

——作者原注

有人索书因戏集李商隐诗为七绝句

一

日下繁香不自持，春兰秋菊可同时？
狂来笔力如牛弩，自有仙才自不知。

二

初闻征雁已无蝉，露欲为霜月堕烟。
何处哀筝随急管，一弦一柱思华年。

三

世间花叶不相伦，月里依稀更有人。
纵使有花兼有月，仙家暂谪亦千春。

四

倚树沉眠日已斜，不劳君劝石榴花。
春风自共何人笑，四海于今是一家。

五

万里风波一时舟，雨中寥落月中愁。
深知身在情长在，埋骨成灰恨未休。

六

黄河欲尽天苍苍，万里西风夜正长。
守到清秋还寂寞，夜来烟雨满池塘。

七

铁网珊瑚未有枝，红蕖何事亦离披？
独留巧思传千古，雨落月明俱不知。

1964 年

自　嘲

慷慨悲歌对酒初，少年豪气渐消除。
旧朋老去半为鬼，安步归来可当车。
大泽名山空入梦，薄衣菲食为收书。
如何绿耳志千里，翻作白头一蠹鱼。

1975 年

偶　成（三首）

一

怜君苦读三更夜，假我光阴二十年①。
胼手不知老已至，鞠躬尽瘁死如眠。
要偷天帝火传授，何惧兀鹰肝啄穿。
欲播群花遗后代，也须百炼胜钢坚。

二

起舞鸡鸣思祖逖，迷离蝶梦笑庄周。
牛毛细字老年写，蜗角虚名贤者羞。
喜看图书陈四壁，早知粪土古诸侯。
怪来戊夜常惊醒，更鼓能教宿疾瘳。

三

岂有文章惊海内，愧无才思并江淹。

积劳成疾居心腹，营馔和羹用地盐。[①]

梁燕不来昼寂寂，梧桐初茂月纤纤。

燕都首夏夜偏好，吟兴无须酒力添。

1975 年

①旧俄罗斯有谚语云："知识分子乃土地之盐。"然我国古人又云："人食得大咸，亦吐之。"大咸，即盐。盐虽不可缺少，唯必与食物混和，始起作用。此亦或可作知识分子必须与工农群众结合之喻。
——作者原注

忆　昔（十四首）

——纪念《在延安文艺座谈会上的讲话》发表三十三周年

一

忆昔危楼夜读书，唐诗一卷瓦灯孤。

松涛怒涌欲掀屋，杜宇悲啼如贯珠。[1]

始觉天然何壮丽，长留心曲不凋枯。

儿时未解歌吟事，种粒冬埋春复苏。

[1] 我家乡称杜宇（即杜鹃）为阳雀，传说有儿童李贵郎，受继母虐待而死，死后化为此鸟，杜宇啼声答"李贵郎"，乃自呼其名。

——作者原注

238

二

曾依太白岩边住，①又入岑公洞里游。②
万里寒江滩石吼，③几杯旨酒曲池浮。④
长悲文采风流地，竟被商船炮舰羞。⑤
他日惊雷驱急雨，何人歌咏满神州？

①太白岩在万县西郊，相传李白曾读书于此。（晚唐郑谷《蜀中》诗云"雪下文君沽酒市，云藏李白读书山。"如指此山，则自唐时已相传太白岩为李白读书处矣。又郑谷《寄南浦谪宦》诗，三、四句云："白首为迁客，青山绕万州。"亦佳句也。今四川万县，三国时蜀国名南浦县。）
②《蜀中名胜记》《胜览》云：岑公洞在大江之南，广六十余丈，深四十余丈。石岩盘结如华盖，左右方池，有泉涌出。岩檐遇盛夏，注水如帘，松篁藤萝，郁葱苍翠……。《图经》云：岑公名道愿，本江陵人。隋末避地，隐此岩下。"
③杜甫晚年由成都至夔州，中经渝州、忠州、云安（今四川云阳县）等地，当亦经万县。唯集中无专咏万县景物诗，或未停留也。杜甫在夔州作《送鲜于万州迁巴州》诗有句云："寒江触石喧。"又，在云安作《长江二首》有句云："众水会涪万。"《杜鹃》云："涪万无杜鹃。"万县有杜鹃，杜甫或未闻其啼声耳。
④太白岩山麓有池塘，曰鲁池。宋鲁有开所凿，植红莲其中。南有石方大如席，宋束庄凿为流杯池。曲折回绕，引泉流其间。黄庭坚过万县，当时太守曾置酒于此。黄庭坚撰有西山记并书，刻碑石上。字迹遒劲妩媚，兼而有之。去年四月，余回万县，太白岩已石梯废圮，可仰望不可攀登。鲁池荡然无存。黄庭坚书碑石尚存，然局促窘迫于市廛之中，黯然失色。想象将来如自太白岩至鲁池、流杯池一带，辟为李白公园，当为蜀中增一游览胜地也。
⑤一九〇二年，根据《中英通商续约》，万县辟为商埠。一九二六年九月五日，英帝国主义军舰炮击万县，死伤人民士兵甚众，是为"九五惨案"，亦称"万县惨案"。
——均系作者原注

三

海上桃花红似锦，燕都积雪白于银。①

留连光景不思蜀，惆怅天神犹醉秦。②

岂有奇书能避世，行看故国竟蒙尘。③

苦求精致近颓废，绮丽从来不足珍。

①海上，指吴淞炮台湾。余一九二八年秋至一九二九年夏在此。秋，始赴北京。
②鲁迅《无题》："下土唯秦醉，中流辍越吟。"
③我国古称封建帝王出奔在外曰蒙尘，此处借用，指当时北京不久将沦陷。
　　　　——均系作者原注

四

歌声一路入延安，旭日东升仰面看。

赤县呼号民众起，红旗照耀路途宽。

从头收拾山河破，挥手寇仇肝胆寒。

绝顶登临天下小，前程曲折掌中观。

五

若个嚣张攻"黑暗"，几人呼吁颂光明。

为谁服务最根本，离此终归次要争。

灯灿夜深疑白昼，心长语重为苍生。

光芒万丈射牛斗，要把人间重铸成。

240

六

见说文章流与源，深知枯窘不由天。
英雄用武何无地？造化含葩岂有边？
欲绘新人新世界，自当苦学苦钻研。
枪林弹雨应经岁，工厂农村不计年。

七

山下村庄一百家，斗争激烈又交加。
豪强喜庆人分裂，真象模糊派性遮。
数日阴霾随破散，满街笑语甚喧哗！
威权在握能行使，分地当无大误差。①

八

往事萦怀非自夸，种花沃土应开花。
攻坚倚赖群才智，解惑须经细调查。
俯首为牛言在耳，朗心如月鬼磨牙。
试登山半望田垄，麦色青青早吐芽。②

① 1948 年 1 月 27 日，至河北平山张胡庄参加老解放区土地改革。此村农民由于过去种种原因，外为两派。此时一派当权，一派被压，土改工作无法进行。下去前进行详细调查，下去后依靠较公正贫下中农，团结两派中较正派分子，发动群众，数日即解决两派争端激烈之问题。然后改组贫农团、农会，权力掌握于真正贫下中农之手，落实政策，进行土改。
② 1948 年年初，余在河北平山县参加老解放区土地改革。土改工作团有部分同志以为当时中央文件中"抽肥补瘦"一语有抽富裕中农之好地而补以贫家之坏地之义。凡按此种理解实行之村庄，后出现大片荒地。余在张胡庄农会中征求意见。一中农成分农会委员对曰："这万不沾！"（当地口语："此事万不可行！"）余问其故，彼云："以坏地换富裕中农好地，他们准会蒿荒不种。"余恍然大悟，未采取土改工作团不少同志实行之办法。土改完成后，上述农会委员与余同登山半，望见金村田地皆麦色青青，山坡小片瘠地亦无不种上庄稼。彼笑谓余曰："老何，你作土改工作没有打击生产。"
——均系作者原注

九

闻道寇将犯石门，当年猛士典刑存。
大枪班又回农会，斗胆人能卫故园。
长炕共眠谈抗战，众心齐力胜诸昆。
凛然大义何明灿，令我无言欲断魂！①

十

弹指光阴二十年，白头会见我茫然。
农民嘱托来相问，惭愧充填窃自怜。
我叹因循多舛误，君言改正即无愆。
古人常恨少知己，况乃工农里俊贤！②

十一

既无功业名当世，又乏文章答盛时。
虚负金黄小米饭，愧居碧绿大城池。
一生难改是书癖，百事无成徒赋诗。
来者可追当益壮，问君汲汲欲何为？

①平山西回舍村有五百人家。由于种种原因，农民亦分裂为两派。1948 年夏，余在张胡庄完成土地改革后，偕一老张同志至西回舍作整党工作。遵照毛主席思想与我党政策，进行工作数月，两派趋于团结。时驻北京蒋军欲犯我已解放之石家庄市。消息传至村中，农民更团结一致，同仇敌忾。主要干部与抗日战争中大枪班夜间均至农会，同余与老张共陲长炕上，谈抗战中与日本法西斯军队作战情况，气氛情绪十分感人。断魂，旧诗词中有一往情深之意。此处指异常感动。

②"无产阶级文化大革命"中，一工人同志从西回舍来京调查村中一党员情况。见面时，竟起立相待，代表村中贫下中农及干部问好。余因在工作中多错误，正受所内同志批评，惭愧答曰："进城后我工作未作好，有负贫下中农及干部之关怀。"工人同志云："有错误改了就好。"工人同志坚信毛主席思想，并不因余多错误而改变其态度，令人感动至深。

——均系作者原注

十二

也曾跃马黄河畔，亦复行军黑月天。
枪炮齐鸣双翼侧，雪霜覆盖万山巅。
从戎投笔应经久，持盾还乡绝可怜。[①]
烈火高烧惊旷宇，奈何我独告西旋！[②]

十三

杨家岭下飞桥前，光景鲜明似昨天。
善治梦丝辟谬论，宛如今日著新篇。
高瞻始得平临远，舛误都因道路偏。
规律遵循如揽辔，光辉阶段冀蝉联。

十四

已有谁人承鲁迅，更期并世降檀丁[③]。
春兰秋菊愿同秀，流水高山俱可听。
涌现工农新艺苑，变更文学旧模型。
画家明日非专业，无限碧空灿万星。

1975 年

①昔斯巴达妇女之送其子出征，不啼哭，亦不多言，唯指其盾云："原汝持盾归来，否则乘盾归来。"彼所谓"持盾归来"，指凯旋也。余1939年夏，由冀中回延安，则抗日战争尚未胜利，非持盾归来之时也。

② 1938 年冬，余随贺龙将军至晋西北，不久，又随部队进军冀中平原。翌年夏，离前线回延安。与冀中告别时，敌人正进行残酷"扫荡"，焚烧村庄，黑夜中，红色火光烛天，景象惊心动魄。是时竟别冀中军民而西归，至今思之，犹为惭愧不已。

③檀丁（1265-1321），一译但丁。

——均系作者原注

诸葛亮祠

茅庐一见定三分，万古声名高入云。

遇事前知缘审势[1]，鞠躬尽瘁耀遗文。

英雄自古超成败，群众于今乐见闻。

一瓣心香来进谒，怜他贬损枉纷纷[2]。

1976 年

[1] 成都诸葛亮祠有楹联云："能攻心则反侧自消，从古知兵非好战；不审势即宽严皆误，后来治蜀要深思。"诸葛亮《草庐对》及前后《出师表》从分析形势开始。

[2] 历代推崇诸葛亮者固多，然亦有加以贬损者。如晋代陈寿云："可谓识治之良才，管萧之亚匹矣。然连年动众，未能成功。盖应变将略，非其所长欤？"北魏崔浩更进而认为陈寿此语为"过誉之美"，说诸葛亮仅"可与赵佗为偶，而以为萧曹亚匹，不亦过乎？"杜甫诗云："伯仲之间见伊吕，指挥若定失萧曹。"正驳斥此类贬损。见解高矣。

——均系作者原注

244

杜甫草堂

文惊海内千秋事，家住成都万里桥。

山水无灵助啸咏，疮痍满目入歌谣。①

当年草屋愁风雨，今日花溪不寂寥。

三月海棠似待我，枝头红艳竞春娇。②

1976 年

① 杜甫定居成都后，写好诗
很少，他的精彩作品多是出于
颠沛流离之中，成为颠沛流离
生活的追述。

②今年暮春游成那杜甫草堂，
其时群花凋谢，唯庭中垂丝海
棠繁花盛开似迎游人。回北京
后作此诗。

——均系作者原注

杂诗十首

蛾 眉

蛾眉皓齿楚宫腰，花易飘零叶易凋。
更有华年如逝水，春光未老已潜消。

学 书

学书学剑两无成，能敌万人更意倾。
长恨操文多速朽，战中生长不知兵。

而 今

而今风尚是多能，[①]云爱翻腾人奋兴。
万里长行行未已，千年大计计堪矜。

①杜牧诗"清时有味是无能"
一绝，前人云有讽刺意，然读
者恐多从正面了解。因反其意
而作此。

——作者原注

246

赫　赫

赫赫檀丁真可哀，[1]几时曾见丽颜来。[2]
中年挥笔作神曲，争奈玉人成古灰。

惯　于

惯于长夜送春寒，冷露如珠晓月残。
辜负蔷薇神女笑，[3]输他花鸟共呼欢。

愧　无

愧无琼乳涌如泉，羸弱难胜耕甫田。
口嚼枯刍犹美食，项横辕轭若韶年。

[1]薄伽丘 Boceaccio 所作的但丁第一个传记曾称但丁为"That singular splendoun the Italian nace"（意大利民族之非凡荣耀）。"赫赫"是采用这样的意思。
[2]"新生"和"神曲"中歌颂的裴阿特丽采（Beatrice），但丁第一次见到她，是九岁左右，她比但丁小九个月。据说但丁并没有引起她有同样的感情，她很早就和人结婚，二十五岁死去，不久，但丁也结了婚，推测是不幸福的。因为但丁被放逐以后，没有再见过他的妻子。这些事实似乎说明但丁在"神曲"中所描写的裴阿特丽采对他的热情关怀，出于诗的想象或希望。屠格涅夫小说中著名的"俄罗斯女性"，虽不能说没有现实生活的基础，但恐怕也表现了作者把他的某些对女性的理想描写在他的那些女主人公身上。
[3]古代传说，罗马黎明女神奥罗拉乘白马拉着的蔷薇色车子，并用她的蔷薇色手指打开东方的门，倾下露水在大地上，使百花生长。海涅诗《咪咪》："……不管嫉妒夫人怎样，还是奏乐一直到带着蔷薇的微笑的仙女奥罗拉出现在地平线上。"

——均系作者原注

屈　子

屈子文章悬日月，谪仙歌咏俯瀛洲。
生前放逐难销恨，身后喧争犹未休。①

西　湖

西湖柔媚若无骨，巫峡庄严峻极天。
应有高才兼两美，胸吞山态水容妍。

月　光

月光如水复如烟，似可乘流直上天。
一曲高歌人不见，萧萧木叶下楼前。

平　生

平生不解酒甘醇，但觉葡萄亦醉人。
埋我繁葩柔蔓下，缠身愁恨尽湮沦。②

1976 年

①指对李白评价问题之争论。自元稹尊杜贬李以后，对李白之评价迄无定论。今日看来，李杜虽各有独创之处，就整个作品精神而论，李白毕竟更高一筹，他更藐视封建统治、封建秩序，与人民有更多有形无形联系，这种精神更接近人民，或可定矣。

②予性不能饮，食葡萄亦有醉意。古之酒人有携酒乘车，使人荷铲随之者，曰："死便埋我。"因思如埋我葡萄树下，或当醉至生前愁恨尽消除也。
　　　　——均系作者原注

248

杂诗六首

成　形

成形肋骨信虚夸，伊甸不能无夏娃。
抛却乐园良偶在，天涯处处可为家。

惊　听

惊听楚歌欲断魂，江东子弟几人存？
重瞳空有拔山力，犹待柔荑拭泪痕。

青　天①

青天碧海太凄凉，不死嫦娥岁月长。
何似人间儿女好，悲欢聚散俱如狂。

① 李商隐《嫦娥》诗："嫦娥应悔偷灵药，碧海青天夜夜心。"此诗本其意而加以发挥。
——作者原注

千　人

千人坠泪裴阿特，[①]一世含冤格丽卿。[②]

何事诗人与智者，升天依赖两倾城？[③]

彼　女

彼女能携人上升[④]，重霄何求可攀登？

情深之至生双翼，死后仍如彩凤腾？

寓　言

寓言十九说庄周，西土天堂亦谬悠。

人世茫茫情种少，仙山有女结绸缪。

1976 年

①第一句：裴阿特（Beatrice Partinari 1266—1293），但丁所爱的女子，但丁在《神曲》第二部《净狱》中描写他见到了裴阿特，她对他的关怀和责备，读了令人坠泪。

②第二句：格丽卿（Gretchen），歌德《浮士德》中描写的浮士德所爱的女子

③第四句：升天，事见《神曲》第三部《天堂》和《浮士德》第二部。

④第一句：歌德《浮士德》第二部最后《神秘的合唱》："不朽的妇女引我们上升。"

——均系作者原注

250

太白岩（二首）

一

万州方志有瑕疵，不载才人郑谷诗。①
葱郁山青环闹市，飘零李白骋高词。②
叹无脚力追前迹，③空与成言待后期。
如辟谪仙游览苑，草堂哪可比雄奇？

二

李杜操持事略同，天然毕竟胜人工。
岩峣殿阁白云下，盘礴鲸鱼碧海中。
涕泪疮痍真长者，秕糠轩冕是英雄。
人民哺乳孪生子，后代终应共敬崇。

1977 年

① 郑谷有咏李白读书山及万州诗句，如"云藏太白读书山"，"白首为迁客，青山绕万州"，县志未收。杨慎云，郑谷诗"读书山"，指匡山，引杜甫"匡山读书处，头白好归来"为证。匡山一说在庐山，一说在今四川江油县。匡山余未往游，不知其状。若万县太白岩，则甚高峻，谓为"云藏"，庶几近之，容再考。郑谷以鹧鸪诗著名；然其他清词丽句尚不少。"才大始知寰宇窄，吟高何止鬼神惊"，"情多最恨花无语，愁破方知酒有权"，均可传诵。"流水歌声共不回，去年天气旧亭台。梁尘寂寞燕归去，黄蜀葵花一朵开"，似为晏殊名作《浣溪纱》所本。"不会苍苍主何事，忍饥多是力耕人"，则更难能可贵矣。
②此联用杜牧"当时物议朱云小，后代声名白日悬"例，旧称假对。
③少年时余曾登太白岩多次。此次回万县，因石梯废圮，未能重寻旧迹，仅在山麓"高山仰止"而已。又，此句双关，亦有叹不能追踪李白之意。
——均系作者原注

锦 瑟（二首）
——戏效玉溪生体

一

锦瑟尘封三十年，几回追忆总凄然。
苍梧山上云依树，青草湖边月堕烟。
天宇沉寥无鹤舞，霜江寒冷有鱼眠。
何当妙手鼓清曲，快雨飓风如怒泉。

二

奏乐终思陈九变，教人长望董双成。
敢夸奇响同焦尾，唯幸冰心比玉莹。
词客有灵应识我，文君无目不怜卿。
繁丝何似绝言语，惆怅人间万古情。

1977 年